# La calle más mágica del pueblo

Francisco Perera Rodríguez

**Aviso Legal**

*La calle más mágica del pueblo*

© Francisco Perera Rodríguez

Primera Edición: septiembre 2024

Diseño de imagen de portada: Carlos Chicmul

Cuidado editorial: Joshua Abimael Ku Pérez

Todos los derechos reservados. No está permitida la reproducción total o parcial de este libro, ni su tratamiento informático, ni la trasmisión de ninguna forma o cualquier medio, ya sea electrónico, mecánico, por fotocopia, por registro y otros métodos, sin el permiso previo y por escrito del titular del copyright.

## Índice

| | |
|---|---|
| Prólogo | v-ix |
| Las bellas hermanas de cargas pesadas | 1 |
| Marcelina, Xtabay y el trágico oficio de las venganzas ajenas | 13 |
| xMarcelina, Xtáabay yéetel u k'ak'áas meyaj u ch'a'atojil ba'ax mix ba'al yaan u yili' | 31 |
| Abrió su tienda tras la llovizna | 47 |
| El jok' y los desafíos de Baltazar | 67 |
| El dueño del monte y la maldición del vagabundo | 93 |
| El vuelo y los cantos en la Tierra del Tapir | 111 |

## Prólogo

*La calle más mágica del pueblo* es el segundo libro de cuentos de Francisco Perera Rodríguez. En él, tuvo como proyecto trazar un recorrido por la calle 55 de la Tierra del Tapir, en donde ocurren hechos naturales y sobrenaturales tan extraordinarios que le dan el mote de la calle más mágica. Desde conflictos entre familiares y la instauración de una tienda que vende todo, hasta los combates entre los locales contra el Tsiimin o Juan Tuúl. En este segundo libro, Francisco Perera también retoma a dos personajes entrañables: la tía Mimí y Nando Serrano, quienes nuevamente aparecen, pero ahora para conectar otras historias memorables de este pueblo, que al fin se nos revela el nombre, y que sirve como pretexto para recordar que en los pueblos del Mayab la magia es lo más cotidiano.

     Este recorrido por la calle 55 es, además, bastante didáctico, pues le permite a las y los lectores conocer cómo es la calle en la actualidad, a través de códigos QR que dirigen a la ubicación real, pero que no corresponden a la Tierra del Tapir, sino a otra localidad, muy similar, llamada Tizimín y que, evidentemente, es la fuente de inspiración. Entonces, el libro funciona también como archivo histórico que debiera ser conocido por las y los tizimileños, pues, al ser uno de ellos, tengo la certeza que es imposible ignorar el mito fundacional del tsiimin tuunich, del cual una parte del caballo pétreo reposa imponente en el zoológico La Reina, más que como adorno, como un recordatorio de que la paz ha de prevalecer mientras sus extremidades permanezcan separadas, pero también, es casi imposible desconocer la tienda del popular Mundito, a la cual yo ingresé en una ocasión, esperando ver al jwáay poop, pero para mi decepción, al ir al mediodía, fui atendido por un peculiar anciano que, simpáticamente, sigue estando igual hasta hoy en día.

En "Las bellas hermanas de cargas pesadas" Francisco Perera recrea la vida y muerte de las hermanas Xkeban y Utz-colel, quienes eran poseedoras de una sobrenatural belleza que al mismo tiempo funcionaba como maldición, pues fue punto de partida de tormentos, pleitos, brujerías, repudios y hasta la muerte. El cuento se basa en la tradición oral acerca de la Xtabay, en donde se hace el contraste de personalidades de las hermanas, pero el autor se toma la licencia se rellenar los espacios pasionales. Por eso en este relato, Xkeban y Utz-colel se muestran humanas: aman, sufren, desean, sienten. Y lo seguirán haciendo, hasta después de la muerte.

"Marcelina, Xtabay y el trágico oficio de las venganzas ajenas" es un peculiar cuento sobre un pueblo, o mejor dicho, es un peculiar cuento sobre dos mujeres de carácter firme, la una, Marcelina, yerbatera y partera, la otra, la Xtabay, mujer espectro que atrae hombres ebrios, los seduce y luego los desaparece (en el mejor de los casos) o asesina (en el peor de los casos). Ambas mujeres ocupan un igual foco de atención: las dos ayudan a las demás mujeres del pueblo, Marcelina atienden los partos y dolencias físicas, mientras que la Xtabay atiendan las dolencias del corazón, pues se lleva a los hombres que tratan mal a sus esposas, pero esto último, como bien le reclama Marcelina, no es de su incumbencia.

"Abrió su tienda tras la llovizna" narra la historia de don Jorge, quien para celebrar su aniversario de matrimonio, se propone llevarle serenata a su esposa, aún sin él saber tocar la guitarra, para ello, acude a la tienda de don Edgardo, el popular Mundito, pues su tienda es eso, un mundo de artefactos. Y es allí en donde se desarrolla una metahistoria y la que, poco a poco, va cobrando protagonismo en el relato. El tío Edgardo es acusado, por vox populi, de ser jwáay poop, pues su papá también lo fue, por esa razón es que su tienda abre por las noches, pues en las mañanas don Edgardo, convertido en ave, vuela hasta la capital para conseguir todo lo que los clientes solicitan.

"El jok' y los desafíos de Baltazar" es el cuento de mayor aliento en todo el libro, y eso no es fortuito, pues más allá de contar la hazaña de cuatro jmenes que lucharon contra el tsíimin (ente inhumano altamente destructor y asesino) es la reconstrucción del mito fundacional de Tizimín. Al igual que con la Xtabay, el relato oral del caballo de piedra, es muy general y breve, así que Francisco Perera se da a la tarea de imaginar y recrear los detalles detrás del suceso. ¿Qué tan complicado fue combatirlo? ¿Cuántas personas se vieron involucradas? A falta de documentación histórica, a veces, el único recurso que nos queda, es el de la imaginación.

"El dueño del monte y la maldición del vagabundo" trae a colación un célebre personaje del primer libro de cuentos de Francisco Perera: Nando Serrano, quien perdió toda cordura al no ser correspondido su amor. En este nuevo cuento se narran las consecuencias de tal suceso: todo el pueblo fue víctima del desamor, hasta que

Herminio rompe la maldición tras contraer matrimonio con Mimí, la hija de un chino, quien al instalarse en la Tierra del Tapir, también trae sus protecciones orientales que serán suficientes no sólo para dar nueva esperanza a los enamorados, sino también para combatir a Juan Tuúl, el dueño del monte, quien es, al parecer, el único que no aprueba la llegada de Mimí.

"El vuelo y los cantos en la Tierra del Tapir" narra los aprendizajes del narrador en primera persona, fiel discípulo de Marcelina, no la curandera, sino otra. Esta Marcelina era gran lectora de los signos emitidos por la naturaleza que son capaces de presagiar lluvias, enfermedades y muertes. El narrador aprendió muy bien que, incluso, muchos años después, esos conocimientos estuvieron incrustados con más fuerza que la lógica científica occidental. El cuento funciona, al mismo tiempo, como un homenaje a los antiguos (clásica manera de referir a las y los ancianos) y su milenaria sabiduría.

Este es un libro que puede ser leído desde cualquier latitud, pero que las y los tizimileños han de disfrutar aún más al percatarse de los guiños a referencias locales. Así que este es también, creo yo, un homenaje a la localidad de Tizimín, que aunque la documentación establezca que es una ciudad, sus habitantes nos empeñamos en nombrarla pueblo, el pueblo más mágico de Yucatán. Y por su puesto que esta es una valoración muy subjetiva, pero cómo no ha de serlo para quienes le tenemos un profundo amor. Este libro, y me parece una de las aportaciones más importantes, tiene una traducción en maaya t'aan. Si bien, el relato se pensó y escribrió en español, tener una traducción me parece bastante necesario, pues la literatura en estas tierras inició con la tradición oral maya.

Joshua Abimael Ku Pérez<br>
Septiembre de 2024

## Las bellas hermanas de cargas pesadas

Eran las doce de la noche. Iniciaba el día décimo tercero del mes de abril. Los pobladores podían sentir desde sus casas la tensión entre las hermanas Xkeban y Utz-colel. El aire era tan tenso que algunos tenían dificultades para respirar. Las hermanas Xkeban y Utz-colel nacieron del mismo vientre, pero las historias de los abuelos fueron desvaneciendo su procedencia hasta hacerla anónima, únicamente un antiguo sabio recordaba que el árbol genealógico de las hermanas extendía su copa con todas sus ramas por trece niveles celestes, al mismo tiempo que sus raíces descendían y se abrían camino a través de los nueve niveles del Inframundo que los frailes cristianos interpretaron como infiernos.

Las hermanas eran bellas de nacimiento. Resaltaban sus pieles morenas con pigmentos de yerbas cultivadas en sus propios hogares. Eran portadoras de legendarias cabelleras negras que al mediodía brillaban como si atraparan la luz del sol. A veces se recogían el cabello de tal modo que, cuando caminaban, se mecía de un lado a otro, dejando apreciar sus cuerpos moldeados magistralmente.

Eran un fuerte símbolo de perfección humana, por eso, resultaba imposible escapar de la mirada de los pobladores quienes, al verlas pasar, sentían pena de ellos mismos por no poder desposarlas. Involuntariamente les surgían bajos deseos nostálgicos que estremecían hasta a los hombres que habían muerto sin conocerlas. Desde que las hermanas caminaban por estos lugares, los herbolarios locales tuvieron que desarrollar nuevos remedios para tratar los corazones agitados entre los pobladores y, de igual modo, tranquilizantes potentes para las mujeres que enfermaban de celos descontrolados al ver a sus maridos deseando amoríos con alguna de las hermanas.

Doña Elda, una de las habitantes más sensatas de la comunidad, decidió mudarse con toda su familia antes que su esposo enfermara de tanto suspirar descontroladamente cuando Xkeban y Utz-colel pasaban por su casa. Tomó esa decisión después del anuncio de su tercer embarazo cuando miró en los ojos de la partera la posible orfandad de su hijos, pues hasta ella notaba a su marido más pendiente del paso de las hermanas que del nacimiento del nuevo integrante de la familia, entonces, llamó a sus cuñadas para que la ayudasen a mudarse al pueblo más apartado, cargó consigo cuatro calabazas y medio saco de maíz; el resto de la cosecha lo devoraron las tuzas, ya que su marido, más concentrado en las hermanas, olvidó atender la milpa.

Esa aparente idea loca de mujer celosa era un peligro real, pues Xkeban le sonreía a su marido, al marido de su vecina, al de la otra vecina y hasta al que enviudó apenas la semana pasada. Las vecinas mal intencionadas decían que la difunta había tenido un ataque de celos e hizo coraje tan fuerte que le provocó un infarto al momento de estarle reclamando a su marido. A pesar de esos sucesos de pasiones descontroladas, por lo regular, ella era la hermana más generosa, ayudaba a las personas: cuando alguien se enfermaba, acudía a verlo y le hacía los favores necesarios mientras se reponía; cocinaba siempre de más porque llevaba comida a ancianos que ya no podían trabajar, eso fue suficiente para ganarse el odio de algunas mujeres, quienes rogaban a sus santos para que la alejaran de sus maridos, mientras que, por otro lado, las personas que había ayudado, dado de comer o consolado imploraban bendiciones para su vida.

Arcadia enviudó debido a la mordedura de serpiente que su marido sufrió en la milpa. Mientras el pueblo la miraba con pena, pero sin ayudarla a salir adelante, Xkeban se dio a la tarea de sacar tortillas para que aquella mujer comiera, le llevaba atole de maíz, siempre cocinaba de más para compartir con la viuda y por las noches intervenía en oraciones por aquella mujer.

Utz-colel, con la misma belleza sobrenatural de su hermana Xkeban, era vista muy diferente. Recatada de vestimentas bordadas a mano por ella misma, deslumbraba con su aspecto elegante y serio, también levantaba las miradas del pueblo, pero evitaba el contacto con los hombres, sean casados o solteros, pues estaba segura que carecían de intenciones serias. Sufría por su belleza, pues la consideraba la causante de no encontrar algún hombre cabal para hacer una familia, incluso, algunos hombres con frecuencia no podían decidir a cuál de las dos hermanas enamorar. Así que no tenía otra opción más que cerrarse al amor. La condición de amores negados la llevó a volverse amargada y grosera. La amargura de Utz-colel la conducía a tener serios enfrentamientos con su hermana, en donde una se negaba a la posibilidad de que alguien pudiera amarla, mientras la otra insistía en intentar. Estas batallas campales entre ambas solían finalizar en gritos y objetos aventados por toda la casa.

Con frecuencia, los vecinos escuchaban los llantos de Xkeban tras ser traicionada de nuevo, mas al buscar consuelo en su hermana, no recibía palabras de aliento, pues Utz-colel estaba cansada de amanecer con los gritos de esposas celosas, que dejaban hechizos en la puerta principal de su casa. En varias ocasiones, al abrir la puerta encontró tierra roja de cementerio esparcida en el piso y, en otras ocasiones, animales muertos que parecían haber sido utilizados en rituales siniestros, de tal modo que constantemente las hermanas buscaban hierbateras locales que les hacían amuletos de protección y les quitaban los malos conjuros lanzados en sus contras.

En una ocasión, el perro salió primero, pisó objetos extraños regados y, de inmediato, comenzó a dar vueltas como loco hasta que se derrumbó convulsionando, por más que las hermanas lo auxiliaron, murió prontamente. Estos episodios ocasionaban que las hermanas discutieran con frecuencia:

—¿Otra vez, Xkeban? ¿Cuándo te vas cansar de que los hombres jueguen contigo?

—¿Está mal creer que alguien me pueda amar? Mejor ocúpate de ti, al paso que vas algún día lamentarás nunca haber amado. Sabes, hermana, tu imagen pura y virginal no te acerca a esos santos de las iglesias, porque cada día cargas con más odio y resentimiento. Te estás transformando más en el dios de la guerra, en Buluc Chabtan.

—Tal vez, pero no me la paso llorando todas las noches debido a las traiciones de los hombres. Si no mueres a causa de los hechizos, lo harás por amor.

—Que nos protejan Hunab Ku, padre de los dioses, e Itzamná, dios del cielo, porque Ixchel, la diosa del amor, nos ha maldecido, somos sus hijas bastardas a las que nos ha negado sus favores, pero ya veremos, si me ha negado el amor, yo se lo negaré a todo ser viviente. Si así lo quiere Ixchel, así será.

Xkeban cansada de luchar, con frecuencia se derrumbaba en llanto. En las noches que sollozaba con mayor dolor hacía aullar a todos los perros del pueblo. Al amanecer, se limpiaba las lágrimas y continuaba ayudando a quienes podía. Un trágico día Xkeban amaneció muerta. Varias personas se adjudicaron ese logro. Sin embargo, hubo quienes lamentaron sinceramente su fallecimiento. Al final, fueron más los agradecidos que los mal intencionados. En su funeral la recordaron como la mujer que estaba dispuesta a dar amor, aunque ella nunca lo haya recibido.

La velaron en la sala de su casa. Utz-colel no quiso acercarse, estaba muy dolida. Se encerró en su casa, y no hubo fuerza humana que la obligara a salir. La hierbatera que solían frecuentar, tomó la responsabilidad de decidir el lugar donde sería sepultada. Después de tres días vieron salir de su casa a Utz-colel, tenía los ojos muy hinchados por sus interminables llantos, llevaba un reboso negro en la cabeza, el cual le cubría la mitad de su rostro y, en sus manos, tenía un ramo de flores que habían brotado en el patio de su casa esa misma mañana. Se dirigió a la tumba de Xkeban, pero al llegar allí la encontró cubierta de flores de xtabentun: blancas, preciosas y aromáticas, sin embargo, era imposible que hayan crecido en tan poco tiempo. Guardó un momento de silencio lúgubre, mientras derramó un par de lágrimas. Entonces comprendió que su hermana había sido bien recibida en la otra vida. Se arrodilló en la tumba y, por primera vez, se sintió sola en el mundo, ya no tenía a quién consolar, regañar o esperar.

Hacía tiempo que su vida era atacada por las pasiones de los hombres y su única compañera de vida yacía muerta ante sus ojos. Utz-colel gritó en lengua maya: ba'ax te iik' ku pulik in k'ooben (¿por qué el viento tira los puntales de mi casa?). Y se desplomó llorando, cansada de su soledad. Durmió sobre la tumba de su hermana. Sintió envidia porque la vida de su hermana había sido más amable que la de ella, y su muerte fue coronada con el nacimiento de las flores más hermosas de todo el cementerio. A pesar de esos sentimientos encontrados, se detuvo a contemplar la tumba de su hermana, le contaba su dolor y sus lamentos más profundos porque finalmente alguien había logrado eliminarla. Se lamentaba por haber quedado sola en ese pueblo donde no la querían.

—Xkeban, hermana, al menos a ti te querían los que ayudabas, ya ves, hasta el perro que habías rescatado se sacrificó cuando cargó el maleficio en tu lugar, pero a mí ya nada me queda, más que las malas miradas. En la casa todavía ponen objetos conjurados.

En su corazón, Utz-colel estaba celosa de que a su hermana la quisieran tanto, sean hombres con intensiones pasionales o las personas que ayudaba. Por el contrario, ella hacía todo lo que debía hacer según las normas decentes, y al final sólo recibía odio del pueblo. La envidia la carcomía en un ambiente de amargura que ya desde ese momento se podía sentir en todo el pueblo, a tal grado que continuaron los ataques en su contra.

Así se prolongaron los malos conjuros dejados en la puerta de su casa, pero ella los ignoraba, ya no pedía ayuda, estaba cansada, simplemente los brincaba para entrar a su casa, algunos les provocaban dolores fuertes, otros fiebres intensas, así día con día se fue desgastando, ya sin ilusiones terminó por morir, entre los maleficios y las melancolías de su honda soledad.

Llevaba ya dos días de muerta cuando descubrieron su cadáver en la casa, fue la hierbatera que las apoyaba quien al pasar por su casa simplemente lo supo, como si se lo hubieran dicho al oído. Pidió ayuda a unos conocidos y abrieron a la fuerza la puerta de Utz-colel. Al entrar, la encontraron tendida en el suelo en posición fetal, con el semblante sórdido de un torturado.

Cuando la movieron para ponerla boca arriba vieron que ya tenía al menos dos días de haber abandonado este mundo. Sin velorio alguno, procedieron al entierro, pues el cuerpo ya mostraba signos de descomposición y tormento sobrenatural. Nadie elevó oraciones, nadie lloró en aquel momento. Fue el entierro más desvalido del que jamás se había tenido registro. Utz-colel lo miraba todo desde su condición de difunta. Sintió envidia por los funerales de su hermana. Cuando dejaron su cuerpo en el cementerio, ella no sabía a dónde dirigirse. Confundida, se quedó sentada sobre su tumba, con la esperanza de recibir alguna señal.

Fueron tres días largos que miraba su tumba y la de su hermana, pero sólo ella estaba allí en su forma inmaterial. Miró cómo se secaban las flores y esperaba ver brotar el xtabentun, pero no ocurrió, en su lugar creció un cactus que dio una flor sin olor alguno, tal como fue su vida, sin aromas, sin amor ni cariño. Así fue la flor que brotó, los vivos le llamaban tzacam a ese cactus nacido en la tumba de Utz-colel. Como si una vida llena de decepciones, orfandad y ataques sobrenaturales fuera insuficiente tormento. Hasta en su muerte vería el desprecio de todos, como si Ixchel la siguiera maldiciendo aún en ese momento.

Comenzó a sentirse desesperada y albergaba unas ganas incontenibles de vengarse contra todos los que le hicieron mal en vida, así que comenzó a invocar a los dioses antiguos:

> —Maldita seas, Ixchel, diosa del amor, te maldigo como me has maldecido en vida y muerte. Cuchumaquic y Xiquiripat, encargados de derramar sangre de los seres humanos, tengan piedad de esta hija suya quien clama su ayuda.

En ese momento comenzó a soplar un fuerte viento desde el sur que se arremolinaba por todos lados. Los animales domésticos se escondieron bajo las mesas y en lugares cubiertos. Los perros aullaron. Los animales del monte se alejaron de aquel cementerio donde invocaban a los antiguos encargados de las desgracias, como si eso no fuera suficiente, Utz-colel continuó:

> —Chamiaholom y Chamiabac, con los bastones de hueso con los que secan desde dentro los cuerpos

de los hombres, escuchen a esta hija difunta, despreciada desde la vida hasta la maltita muerte. Ahaltocob y Ahalmez, artesanos de las desgracias de los hombres que caminan a su hogar, les pido que miren a esta hija suya maltratada por todos, despreciada hasta el último momento. No me dejen desamparada. No me dejen sin venganza. Se los suplico aquí postrada en mi propia tumba.

Cuando Utz-colel terminó de invocar a sus dioses, el clima se tornó como si estuviera entrando un huracán al pueblo. Un cenote cercano comenzó a subir de nivel hasta que sus aguas se desbordaron. Algunos pobladores advertían que eran los espíritus del Inframundo que salían desde el fondo de los cenotes. Hagan rezos a sus santos, advertían, porque fuerzas oscuras están siendo liberadas. Utz-colel no se detuvo.

—Dioses del Inframundo, quiero venganza, ofrezco el cuerpo que usé en vida, permítanme hacer pagar a todos esos hombres que jugaron conmigo. Que me permitan llevarlos a la desgracia mientras caminan a sus casas. Quiero derramar su sangre para alimentar con ella el árbol de la vida, secarlos desde sus entrañas. Dioses del Inframundo, quiero ser su emisaria y cobrarles a todos los desplantes hacia ustedes y hacia mí. Denme vida nuevamente para hacerlos pagar.

El viento del sur se arremolinó sobre los cenotes, y comenzó a soplar desde otros puntos cardinales. Los dioses habían escuchado la plegaria y estaban dispuestos a darle la venganza. Entonces, alrededor de su tumba, se materializaban algunas figuras y comenzó a escucharlas hablar. El aire se empezó a mover alrededor de su tumba y, de la nada, Utz-colel fue arrastrada a su cuerpo nuevamente. Sin previo aviso, se vio a ella misma excavando para salir de su propia tumba, su cuerpo comenzó a recobrar la apariencia de vida, pero sin los signos vitales, su corazón no latía. Una vez fuera de su tumba, el viento se detuvo, pero una neblina cubrió el lugar, y comenzó a ver los espíritus que había invocado.

—Venganza quieres y para eso nos has invocado. Quieres que te saquemos de la muerte, pero eso es dominio de Yum Kimil, el señor de la muerte, y no lo vamos a desafiar. De la muerte no vas a regresar, pero estarás latente entre los vivos, podrás cobrarte uno a uno los males que te provocaron. Vivirás en la ceiba y ahí cobrarás venganza. Ofrece el amor que te negaron siempre, pero luego mátalos, sécalos y derrama su sangre para saciar tu venganza. Por las noches surgirás de ese tzacam, seguirás a los hombres para atraerlos ¡sedúcelos y luego asesínalos! Así serás de hoy en adelante, Utz-colel, pero serás llamada Xtabay por toda la eternidad.

Entonces sopló un fuerte ventarrón que regresó a las aguas del cenote a su lugar. En ese momento Utz-colel quedó aprisionada en la ceiba más cercana, y esa misma noche se cobró la vida de Jacinto, un borracho que fue a ver la tumba de Xkeban porque siempre estuvo enamorado de ella. Al día siguiente, yo pasé por el cementerio y la tumba de Utz-colel todavía tenía la apariencia de estar recién excavada desde abajo.

***

**Nota geográfica**

Se sabe que esta historia ocurrió en los terrenos ubicados en la calle 55, aproximadamente en el número 423 de la Tierra del Tapir. En esos terrenos hubo rastro municipal, según lo confirman los pobladores más ancianos que viven por el rumbo, en el cual existía una gran ceiba rodeada por un zacatal. Posteriormente, fue una vivienda y actualmente es una casa abandona, cuya ubicación puede conocer escaneando el código QR que se encuentra a continuación.

Sin embargo, al tratarse de una leyenda popular, posiblemente otras personas aseguren que este suceso realmente se dio en otro sitio. Como escritor, sólo tengo la certeza de que tuvo que haber sido en algún lugar de Yucatán o quizá en todos ellos en distintos momentos. La intuición me indica que cada pueblo tiene su propia ceiba en donde aseguran que se dio esta historia. Mis abuelos me contaban partes de esta historia y apuntaban con el dedo el sitio donde estuvo la ceiba. Yo simplemente les creo.

## Marcelina, Xtabay y el trágico oficio de las venganzas ajenas

Corría justamente ochenta y ocho días desde que había llegado Petronila a la casa de Marcelina para consultar por el bebé que esperaba. Después de observarla detenidamente, suspiró, tomó un sorbo del ron con el que quitaba el mal de ojo, luego lo escupió en el piso, a los pies de la consultante y, finalmente, vaticinó que sería varón, lo sabía por la forma en la que se desarrollaba y se veía la barriga de su madre, pero también porque sentía las energías que traían los infantes antes de nacer; advirtió que se parecería a su padre, lo cual salvaría el matrimonio de Petronila, pero no parecía ser una bendición para aquel bebé. Eso alegró a la embarazada, aún cegada por el amor adolescente que le impedía ver los defectos de su marido.

Al recibir esta noticia, le acompañaba su madre y una vecina chismosa que se acercó a escuchar el veredicto de la partera más célebre del pueblo. Así es, Marcelina era una mujer muy sagaz con una clarividencia bastante atinada y que se afinaba más en los días que había luna llena. Cuando era niña, había aprendido de su madre y abuela el fino arte de acompañar a las mujeres a dar a luz y, gracias a ella, ese pueblo siempre estaba lleno de niños sanos que corrían por las calles de aquel lugar olvidado.

Sus días trascurrían entre quitar el mal de ojo, atender a las embarazadas y ejercer el honorable oficio de yerbatera experta que le había heredado su abuelo, quien había venido de un pueblo cercano, conocido por tener hechiceros, sanadores y médicos tradicionales. Ella fue una extraña excepción porque los varones sólo les enseñaban a otros varones, pero su abuelo procuró que también Marcelina aprendiera durante su adolescencia, pues era importante dominar tales artes, porque estaba expuesta a los ataques de los hechiceros vecinos. La vecina que acompañó a Petronila aquella mañana, había presenciado varios eventos extraños donde la partera se enfrentaba a curaciones complicadas, puesto que los hechizos tenían intervención de ciencias locales antiguas.

En una ocasión, llegó a la puerta una pareja, la señora estaba en labor de parto anticipado, más que dar luz, aquello tenía todos los signos siniestros de un aborto. Marcelina detestaba los abortos, porque sentía que su misión era ayudar a traer al mundo a niños sanos y no contribuir en su asesinato. En esa ocasión, acostó a la mujer sobre unas tablas especiales, le puso unas yerbas en la frente y unos inciensos en los costados, alineados con los cuatro puntos cardinales. El humo comenzó a tornarse negro, justo en ese momento lo dolores cesaron. Entonces se puso de pie, miró al marido fijamente a los ojos y le aventó el líquido contenido en un vaso de cristal, lo cual terminó con la tortura de la mujer. Tomó la mano del hombre y lo sacó de la sala a gritos. Cuando salió la mujer, respiró profundamente, así que Marcelina procedió a sacarle el conjuro que cargó. Al terminar con ella, llenó de nuevo el vaso, salió a la sala y volvió a tirárselo al marido mientras recitaba oraciones en maya antiguo. Llenó el vaso de nuevo. El agua se enturbiaba. Repitió el proceso hasta que el agua se aclaró. Dirigiéndose al marido, le dijo:

—Eres de los hombres más imbéciles que he visto, uno de tus amoríos extramaritales estaba matando a tu esposa e hijo. Arregla ese asunto con la mujer que vive por el cenote, porque no está dispuesta a dejar en paz a tu familia y está usando hechizos oscuros contra ella —le aventó el agua del vaso nuevamente y entró en el cuarto de la esposa.

Al entrar nuevamente al cuarto, la mujer ya estaba tranquila, tenía los ojos cerrados, el humo de los inciensos estaba blanco de nuevo. Le explicó lo ocurrido y procedió a curarla, nadie sabe cómo lo hizo, porque se encerró en el cuarto y por fuera no se pudo ver ni escuchar nada. Al salir del cuarto, la mujer tenía puesto su vestido al revés, con las costuras por fuera, había tomado la decisión de irse a vivir con su madre y llevaba en las manos toda una serie de yerbas y talismanes de protección. Marcelina era una mujer muy decidida y con la valentía de enfrentarse a lo que fuera para salvar una vida. Siempre decía en tono solemne que era partera, no sepulturera, e iba a hacer uso de todos sus recursos para defender su honor y a los suyos.

Quitando esos episodios complicados de su oficio, en lo demás, Marcelina era una mujer que le gustaba hacer los guisos tradicionales en su cocina rústica, la cual también estaba llena de sus yerbas medicinales. Su marido siempre le pedía que sea muy cuidadosa con los sazonadores empleados en la comida, no los fuera a envenenar un día de estos. Sin embargo, ella sabía qué darle de tomar a cada quien, para tener a todos en su lugar, así que sólo sonreía y susurraba frases para ella misma. También atendía a su familia, según se lo permitiera su oficio, era muy devota a la Inmaculada

Concepción y le hacía sus rosarios religiosamente cada ocho de diciembre como fiesta patronal, invitando a toda la cuadra a comer en su casa. Los vecinos le decían las novenas de la partera porque no faltaba el día en que un rosario finalice con un parto no programado, por ejemplo, aquel viernes en el cual, en medio del rosario, la rezadora dijo: primer misterio doloroso, la oración del huerto y, justo en ese momento, ingresó una señora en plena labor de parto, Marcelina corrió en su ayuda y dijo con voz firme a todos los presentes:

—Continúen el rosario, que la Inmaculada María es la protectora de esta criatura, por eso hizo venir a su madre a escuchar sus oraciones mientras nace.

Todos continuaron con los misterios del rosario, a pesar de los ruidos del alumbramiento, y justo al estar en los cánticos finales, se escuchó el llanto de una niña, a quien hasta la fecha los vecinos la llamaban Inmaculada, aunque su madre le puso otro nombre en su bautizo y registro civil.

Una de las tres hijas de Marcelina no quiso terminar la primaria, pues consideraba que saber leer y escribir era suficiente para ser partera como su linaje materno, así que dejó esas clases aburridas para aprender de su madre los conocimientos sagrados de la familia, sin imaginar que sería la última partera de su árbol genealógico, tras la llegada de un hospital del gobierno liberal que estaba en contra de esas expresiones culturales locales y que pugnaba por la ciencia occidental.

En la vida de Marcelina las cosas parecían estar bajo control, porque dominaba los conjuros y yerbas. Su marido al final tenía razón, si era necesario sazonaba su comida con lo que fuera pertinente para que las cosas se acomoden donde debieran. Si le ponía algo a su marido o hija en la comida, pasaba frente al altar de la Inmaculada Concepción y se persignaba pidiendo perdón, diciendo cosas como:

—Virgencita, es por su bien y tú no negarías ninguna ayuda para salvar a alguno de tus hijos, no me castigues, que sólo estoy evitando un mal peor para los míos, para que te contentes, en tu próximo rosario mataré ese pavo bien gordo y le daré de comer a quienes más lo necesitan de la cuadra, sabes que yo no pido milagros, con que me evites el Infierno me doy más que por bien pagada.

Luego se persignaba de nuevo y continuaba con su vida con una inquebrantable serenidad de partera en pleno alumbramiento. Por lo general, llevaba en el semblante aquella paz que le daba sensación de control y la seguridad de que su marido iba a ser fiel hasta el último día de su vida, porque de eso, ella se encargaría personalmente.

La vida era plácida para ella y dormía tranquila todas las noches, sin embargo, el barrio comenzó a agitarse poco a poco. Don Ubaldo, un señor conocido por ser bebedor asiduo de ron, fue encontrado gritando en medio de una vereda cercana. Sus alaridos despertaron a los vecinos, quienes, de un salto, alcanzaron las veladoras de los altares de sus santos para salir a ver qué había sucedido, aquello parecía que era una procesión nocturna de las ánimas en pleno día de muertos.

Marcelina, al escuchar el ruido, se cubrió sus pulmones con un rebozo, fue a la cocina, salió con todas las yerbas necesarias para curar la picadura de serpiente, por si acaso eso había ocurrido. Pero no fue así, cuando encontraron a Ubaldo, tenía la mirada llena de terror y un profundo espanto en el pecho, balbuceaba cosas entre maya y español, la borrachera parecía que se la quitaron de un sólo golpe, de modo que el alma todavía no le había vuelto al cuerpo, por lo que no podía decir frases coherentes.

Como no se le entendía nada más que el inicio repetido de alguna oración, lo revisaron sin encontrar indicios de picadura. Entonces, Marcelina tomó un poco de alcohol preparado con ruda y otras yerbas aromáticas usadas para curar el dolor, puso un poco en su mano y lo colocó en la frente, cara y pecho de don Ubaldo. Cuando terminó, don Ubaldo suspiró y comenzó a temblar.

—Ha visto algún espanto o se topó con mal aire —dijo Marcelina, refiriendo a esos seres malignos que rondaban los pueblos. Luego remató, diciendo— tienen que llevarlo con algún curandero o se les va a morir.

Entonces miró a uno de sus parientes y le recomendó llevarlo al cercano pueblo de Espita, allí quizá lo ayudarían. Ella no se podía comprometer a salvar a un borracho como él. Mientras amanecía, Ubaldo cobraba conciencia por momentos, y en uno de esos breves episodios de cordura, rebeló a su atacante.

—Me atacó la Xtabay, me quería llevar a su ceiba para matarme —luego balbuceaba de manera compulsiva.

Cuando Marcelina lo escuchó, supo que sería difícil sobrevivir a ese suceso. Se retiró y fue a su casa, allí encendió una veladora a la imagen de la Inmaculada. Entre sus oraciones le pidió que se alejen esos seres de aquellas veredas, pues no quería que ataquen a otros vecinos o personas cercanas. Pero este sería el primero de muchos otros avistamientos. Ubaldo logró salvarse, también juró por sus ancestros que iba a dejar el ron, pero ese gusto sólo duró un par de semanas cuando decidió ser un borracho diurno y evitar salir ebrio por las noches, de tal modo que se convirtió en el borracho más hogareño del pueblo, lo cual fue una maldición para su esposa, quien reclamaba por las noches:

—Xtabay, si viniste por él, ¿por qué no te lo llevaste? ¿Ahora quién me quitará este suplicio de viernes santo en el que está estancada mi vida?

Esas palabras eran escuchadas por los vecinos y las ceibas cercanas, las cuales dejaban caer sus hojas en señal de tristeza por los lamentos de aquella esposa inocente que cumplía una pena injusta para cualquier mujer decente y temerosa de Dios. Era tal su desesperación, que todos notaron cómo iba cambiando su semblante y cada vez se parecía más a la virgen dolorosa que sacaban en procesión cada semana santa.

Desgraciadamente, estas no sería las únicas víctimas, sino las primeras. Cada luna llena, con la tenue luz nocturna en las distintas veredas de terracería, los vecinos corrían a rescatar algún otro borracho gritando que le habían atacado. Esto comenzó a preocupar a las autoridades, a tal grado que se declaró que el mal de Ubaldo se estaba esparciendo en el ron local. La preocupación aumentó cuando los simples ataque de terror se convirtieron en desapariciones, siempre en luna llena y en veredas cercanas a las ceibas. Era Xtabay, y el pueblo lo sabía.

Don Galindo, el dueño de una carpintería que sobrevivió a uno de sus ataques, está seguro de que la Xtabay ronda las ceibas del pueblo. Lo sabía, porque allí la vio. Una mujer delgada y hermosa a la luz de la luna, peinando sus cabellos negros con la corteza de la misma ceiba donde estaba apoyada, vistiendo con un huipil con bordados similares a los patrones que tenían las pieles de las serpientes. Por lo general, no se veían sus pies apoyados en el suelo y menos se escuchaba algún tipo de calzado cuando se desplazaba. Algunos de los atacados mencionan que sólo se escucha como que algo se arrastra por el suelo y otros dicen escuchar el andar firme de un pavo en cortejo, de tal modo que no sabían si se arrastraba sobre su vientre como maldición bíblica o si tenía patas de pavo del solar.

Las mujeres de los agredidos, sean viudas desconsoladas o esposas desesperadas, visitaban a Marcelina para que les prepare tónicos que repongan a sus parejas. La partera primero las sahumaba con el humo de yerbas secas locales para verificar que no hayan cargado o se les haya impregnado algún mal aire en el cuerpo por el ataque de sus maridos. Luego, les daba agua de azahares para que se tranquilicen y descansen. Sin embargo, la partera veía algunas de esas muertes como actos piadosos a esas mujeres porque en varias ocasiones tuvo que curarles los moretones, productos de los maltratos físicos sufridos a cargo de sus parejas.

Marcelina sabía que no tenía conjuros o brebajes conocidos para alejar a la Xtabay del pueblo, pues era un ser que había estado cientos de años antes de que el pueblo mismo fuera fundado y, a pesar de que al principio no surgió para ejercer el oficio de asesinar maridos ebrios, a medida que las generaciones transcurrieron, no le quedó más remedio que tomarse la tarea de ser la liberadora de las mujeres atrapadas en matrimonios tortuosos.

En medio de este drama pueblerino de mujeres dolientes, también Marcelina se preocupó y comenzó a darle preparados curativos entre comidas y bebidas a su marido, para evitar que siga bebiendo alcohol y se convierta en la próxima víctima de los ataques que asediaban al pueblo. Muy en sus adentros, tenía ganas de darle afrodisiacos en vez de esos preparados antiebrios, pero temía que el efecto combinado de ambos pudiera dañarlo, además, sabía que la Inmaculada la miraba de manera acusatoria porque estaba jugando a ser Dios al torcer el libre albedrío de su esposo.

Muy a pesar de todas las precauciones tomadas por la partera, en la luna llena de octubre, su esposo se retrasó en una plática con su compadre, allí bebió más de lo normal al calor de los recuerdos de la infancia y juventud, lamentaron la pérdida de su soltería, pero también algunas cosas propias de sus matrimonios.

—Te lo dije, compadre, ¿para qué no casamos? Si éramos tan felices enamorando en todo el barrio, y ahora estamos amarrados —lamentaban entre los tragos de ron.

—Mira esa foto, compadre, y recuerda cómo te encaprichaste con la comadre cuando la viste salir del molino con su cubeta de masa para hacer tortillas.

—Es cierto, compadre, ya me acordé por qué terminé matrimoniado, creo que me embrujó la comadre, por eso llegué hasta el altar —soltaron la carcajada los dos amigos y luego se dieron cuenta que ya era tarde.

—Corre, compadre o te va matar la Xtabay antes de que llegues a tu casa.

Entonces se levantó como pudo el marido de Marcelina, tomó su bicicleta vieja, la intentó montar y al ver que no podía, la arrastró hacia su casa. Apuraba el paso donde podía. Al avanzar, la vista se le aclaraba con la luz de la luna, tenía miedo mientras avanzaba e intentaba recordar las oraciones que le enseñaron en la iglesia, pero ya tenía tanto tiempo que no las decía, ni iba a misa, así que pronunció incoherencias compuestas de los fragmentos de todas las oraciones que recordaba. Evitó pasar cerca de las ceibas, pero al caminar unas cuadras, se cayó en un zacatal que lo condujo directo a una ceiba.

Allí estaba sentada la Xtabay. El alcohol del cuerpo se le escurrió por los poros. La Xtabay no lo miró, estaba de espaldas. Haciendo caso omiso del visitante, permaneció inmutada peinando su larga cabellera. El marido de Marcelina, por su parte, sólo recuerda el sonido del seseo de serpiente con el cual la Xtabay lo llamó. Intentó gritar, mas no pudo, sintió una especie de pesadumbre, sólo logró emitir inaudibles expresiones.

—Ess inútil, nadie te va a esscuchar, aquí te quedaráss conmigo.

Sin embargo, los brebajes que le daba Marcelina lo mantenían lúcido y, en algún punto, tuvo la suficiente fuerza para gritar de nuevo. Ya los vecinos y esposas estaban alertas debido a los ataques y desapariciones, de tal modo que encendían las velas de las casas, los perros ladraban temerosos y los gatos se escondían. Una tenue brisa nocturna le dio aviso a la partera, era su marido a quien estaban sonsacando, así que salió armada, más de coraje que de conocimiento certero. Tomó de la cocina las infusiones más potentes que poseía, se colgó unos crucifijos para su protección personal y metió una serie de artículos en su bolsa hecha de fibras de henequén. Al salir, cargó una escopeta con balas de plata, por si necesitara defenderse de algún ser fuera de este mundo. Mientras caminaba, pensaba en sus adentros:

—Se lo dije todo el tiempo, espero encontrarlo vivo, porque yo lo quiero matar con mis propias manos. Sabe que no debe tomar en estos tiempos y menos en las noches.

Conforme se acercaba al lugar, más clara era la imagen de la Xtabay y la de su marido, quien palidecía al sentir próxima su muerte. Tomó la escopeta y lanzó un balazo a la ceiba en son de advertencia. Eso pareció liberar a su marido de la parálisis del susto y rápidamente se arrastró hacia una albarrada. Las dos mujeres se miraron de frente.

—Assí que esste ess tu marido. He ssabido que conssuelass a lass viudass y veo que eress la primera mujer que no me agradece que la libere de esse pesso de encima; loss hombress sson cínicoss, ssólo noss quieren de ssuss ssirvientass, assí ha ssido dessde que yo vivía.

—Deja en paz a mi marido, no le pongas ni una mirada encima. Quizá sea un cínico, pero esas cuentas las ajusto yo —pronunció, al tiempo que levantó la escopeta con dirección a la Xtabay.

—Assí que... lo amass. Eress una ingenua como mi hermana, que muy de buen corazón amaba a los hombress, pero al fin la dejaron ssola y fue encontrada muerta en el camino, quizzá a manoss de uno de elloss. Muy buen corazzón, pero ssiempre engañada ¡Disspara ssi quieress! Yo ya esstoy muerta, assí que no me puedess matar, no tengo cuerpo al cual lass balass hieran. Essa plata sserá ssimplemente un dessperdicio.

Marcelina disparó, la bala atravesó a la Xtabay y se estrelló en la ceiba. El árbol se estremeció, regresando algunos objetos de los hombres desaparecidos en los últimos meses: ropas, un cinturón, una alpargata y demás objetos que fueron reconocidos por las viudas. Aquel árbol dejó caer unas hojas, las mujeres se miraron a los ojos. Marcelina pudo ver los rostros de terror de todos los desaparecidos, pero no se acobardó, porque aquella atacante sólo había matado a hombres y nunca había tocado a una mujer. La Xtabay acarició las heridas de la ceiba, suspiró y dijo:

—Calmada, ceiba mía, no te hará máss daño —con un movimiento cerró las heridas que tenía la corteza— lass plantass sson máss fieless que los maridoss.

Marcelina, al ver que las balas no sirvieron como defensa, tiró la escopeta al suelo y sacó el arsenal de yerbatera exorcista católica. En una jícara colocó agua y luego algunos brebajes. Se los lanzó a la Xtabay, pero parecían no dañarle, aunque ese líquido le provocó espinos a la ceiba. Marcelina sacó una soga conjurada en luna nueva, y con una piedra la lanzó alrededor de la ceiba.

—No puedo matarte, pero sí aprisionarte para que no continues molestando al pueblo.

—¿Molesstando? ¿A qué te refieress? No hass visto lo felizz que ess Arcadia con ssu viudezz, hasta logró arreglar la cassa que nunca le compusso ssu marido, por esso sse lo quité de encima.

—Deja de asesinar cristianos, eso no te corresponde —dijo Marcelina mientras ataba el árbol con aquella soga de fibra de henequén.

—¿Quieress a tu marido? Llévatelo. Esstáss ssellando essta ceiba, pero jamáss recuperaráss loss cadáveress faltantess. Yo me voy de aquí, pero no dejaré de ssocorrer a essass mujeress que lloran por loss golpess de ssuss maridoss ebrioss.

En ese momento cantó un gallo, los primeros rayos de sol iluminaron la punta de la ceiba amarrada. La Xtabay desapareció de esos lugares. Aquel árbol tiró todas sus hojas y las ropas de los hombres, las cuales fueron reconocidas por las viudas. Cleotilde reconoció la alpargata y, en ese momento, supo que su esposo no se había ido a recoger chicle, sino que yacía muerto allí debajo. Las viudas construyeron nichos para sus difuntos, y Marcelina se convirtió en la única mujer que tuvo la valentía de enfrentar y ahuyentar a la Xtabay.

De otros pueblos venían ver a Marcelina para que sellara otras ceibas que eran el nuevo hogar de la Xtabay, pero ella dejaba claro que era partera y su misión de vida era ayudar a dar a luz la nueva vida, no perseguir asesinas ancestrales.

—Si quieren que se vaya del lugar, prohíban la venta de alcohol, para que dejen sin borrachos nocturnos las calles cercanas a los nuevos rumbos de la Xtabay —decía.

\*\*\*

**Nota geográfica**
**La casa de Marcelina:** según mis datos, vivió en la esquina de la calle 55 por 52 en la Tierra del Tapir, actualmente es un despacho jurídico, cuya abogada pudiera ser alguna de sus nietas. Fue una partera herbolaria habilidosa, y su recuerdo aún transita en la memoria de los pobladores. El nombre de la mujer es algo confuso, algunos dicen que se llamaba Carmita, sin embargo, pareció existir otra mujer con artes sanadoras con ese nombre. Para no meterme en problemas, le dejé el nombre de Marcelina porque sentí que describía mejor a la mujer que iba cobrando vida en mi mente con cada uno de los relatos de los

ancianos que la recordaban. Ahora bien, para saber dónde vivió esta singular mujer, puede escanear el siguiente código QR:

**Lugar de la batalla**: el lugar del enfrentamiento entre Marcelina y la Xtabay también ha sido motivo de duda, sin embargo, la versión de la más anciana del barrio me llevó a situarla exactamente donde estaba la ceiba del que fuera rastro municipal.

## Comentario

Una de las cosas que lamento en esta vida es no hablar maya, sólo entiendo frases sueltas o expresiones populares. Sin embargo, un amigo tuvo a bien realizar la traducción del cuento *Marcelina, Xtabay y el trágico oficio de las venganzas ajenas*. Fue así como nació *xMarcelina, Xtáabay yéetel u k'ak'áas meyajil u ch'a'atojil ba'ax mix ba'al yaan u yili'*.

Extiendo mi más sincero agradecimiento al maestro Germán Pinzón, director de una escuela primaria indígena y promotor cultural. He de aceptar con la mano en el corazón que me emociona a sobremanera ver uno de mis cuentos traducidos. De mi amigo Germán Pinzón puedo decir que es un entusiasta promotor de lenguas originarias, escribe y produce cumbias junto con otros compañeros y hasta graba los videos para subir en las redes sociales, así utiliza los medios actuales en la difusión de sus materiales como parte de su lucha personal para preservar el idioma maya. En esta lucha hay que agregar un detalle más: quien apoya en la musicalización de las letras es una persona ciega. A continuación, dejo un código QR donde puede disfrutar el material que él ha producido:

A partir de la traducción del cuento, tomé el título y lo reescribí con el silabario maya, es decir, utilicé los mismos símbolos encontrados en las estelas y las pirámides. Entonces, los símbolos que ve encima de las palabras en la página siguiente, no son simplemente imágenes aleatorias, sino son las palabras tal cual se verían como si los antiguos escribas mayas las hubiesen trazado. Si usted sabe leer maya, espero disfrute la traducción que a continuación se presenta, y si tiene algún conocido que pueda hacerlo, espero le comparta este cuento.

**xMarcelina**   **XTáabay**

u    k'ak'áas   meyajil   u   ch'a'atojil   ba'ax

mix   ba'al   yaan   u   yili'

## xMarcelina, Xtáabay yéetel u k'ak'áas meyajil u ch'a'atojil ba'ax mix ba'al yaan u yili'

Traducción del maestro Germán Pinzón

Jach táantik u máan waxak tu kank'áal k'iino'ob k'uchuk xPetronila tu najil xMarcelina uti'al u ya'a'la'al ti' bix yanik le chan paal ku pa'atiko'. Ka ts'o'ok u jach ilike', tu ch'a'aj u yiik', tu yuk'aj jun xuch le k'áaj yéetel ku tselik le k'aak'aas icho', ts'o'okole' tu túubaj ti' le lu'umo', tu yook le xk'oolej k'oja'ano' ka ts'o'oke', tu na'ataje' chan xi'ipal, tu y'a'alaje' yo'osal bix u bin u ch'íijil yéetel bix u yilk'ajal u naak' le na' tsilo', tumen xan ku yu'ubik u yiik'al le mejen palalo'ob kex ma' síijiko'obo'. Tu ya'alaje' jach yaan u beytal bey u yuume', yo'osale' yaan xan u yáantik u ts'oka'anil u beel xPetronila, ba'axe' ti' le chan paalo' ma' jach unaji' leti' ki'imakúunsej u yóol le xko'olelo', jach u yaabilmaj u yíicham le beetike' mix táan u yilik bix u k'asa'anil. Ka a'ala'ab ti'e', te' xan yaan yéetel u na'e'beyxan juntúul xko'olel jach u yoojel tsikbal, leti'e' tu nats'ubaj u yu'ub ba'ax ku ya'alik le x-ilaj k'oja'ano'.

    XMarcelina leti'e' juntúul xko'olel yaan a tuukul, jach ku na'atik ba'ax kun úuchul ti' le k'iino'ob ku yilk'ajal túulis ujo'. Tu paalile', tu kanaj ti' u na' yéetel ti' u chiich bix u yáantik le xko'olelo'ob yaan u síijil u mejen paalalo'obo', yo'osal leti'e', le chan kaajo'. Jach ya'ab mejen paalo'ob t'a'ajo'ob ku máan u yáalkabo'ob tu beejilo'ob ti' le tu'ubsa'an kúuchilo'. U kuxtale' ku bin u bin uti'al u tselik le k'ak'áas icho', u yilik xko'olel yo'omchajano'ob yéetel u ki'ichkelem meyajil ts'aak yéetel xíiwo'ob, le je'ela' tu kanaj ti' u nool, tumen leti'e' ch'iijil ti' jump'éel kaaj jach k'aj óóla'an tumen ya'ab pulya'ajo'obi', jmeno'obi' beyxan ts'áak yaajo'obi'. Leti'e' chéen wa bixe' ka'ansa'abij tumen le xibo'obo' chéen u yéet u xibilo'ob ku ka'ansiko'ob. Ba'axé u noole' tu yilaj bix u ka'ansik xMarcelina. Tu xyo'obale'enile', jach máan unaj u ka'anal le ki'ichkelem meyajo'oba' tumen le pu'ulyajo'obo' naats' kajakbalo'obo' ku meyaj óolabo'ob ti'. Chéen ba'axe' le xko'olel láak'int xpetronila te' ja'atskab k'iin je'elo', ts'o'ok u yilik ya'abkach ba'axo'ob yéetel talamilo'ob ku máansik le x-ilaj k'o'oja'ano' tumen le pulyajo'obo' beta'ano'ob yéetel jejeláas úuchben kaj óolilo'ob.

 Jump'éel súutuke', k'uch tu jonaj juntúul xko'olel yéetel juntúul máak tsoka'an u beelo'ob, le xko'olelo' jach bika'aj síijil u chan paal kex ma' k'uchuk u k'iinili', le je'el túuno' tu ye'esike' taak u yéemel ti' le chan paalo'. XMarcelinae'e' jach u p'eekamaj u yéemel mejen paalal tumen ku yu'ubike' u meyaje' u yáantik síijil t'a'at'aj mejen paalal ma' ti' u k'iinsiki'.

 Le súutuk je'elo', tu chikúunsaj le xko'olel yóok'ol táas ch'e'obo', tu ts'áaj ti' xíiwo'ob aktáan u pool yéetel ch'uyub pukak' tu ba'apach u wíinkilil tu beelil le ka'an tu'uk'o'obo'. U buuts'ile' káaj u booxtal, jach te súutuk je'elo' xu'ul u yu'ubik u yaajil. Bey túuno' ka wa'alajij, jach ka tu paktaj u yich le íichamo' ka tu pulaj ti' le ja' yaan ti' jump'eel sáask'ale'en baaso ku pa'ak'ajal, yéetel túun ts'o'ok u muk'yaj le xko'olelo'. Tu machaj u k'ab le máako' ka tu jo'osaj ti' le kúuchil yéetel u yaawatilo'. Ka jóok' u xko'olelile', tu ch'a'aj u yiik, beyo' xmarcelinae' tu yilaj u jo'osik ti' le k'aasil beeta'ab ti'o. Ka ts'óok yéetel leti'e', tu ka'a chupaj le sáask'ale'en baaso ku pa'ak'ajlo'. U ja'ile' ku kexpajal u boonil, tu ka'abetaj tu ka'atene' ka p'áate' sáask'ale'enchaj le ja'o'. Tu yaalaj túun ti le íichamo':

—Teche' beyech juntúul xiib mina'an u na'ate', mix in wil u jeel beyo', u jeel le xch'uup yaantecho' leti' kiinsik a watan yéetel a chaampalo'. Yaan a wilik a tsikbal yéetel le xko'olel ku yaantal naats' le ts'ono'oto', tumen mix taak u p'aatik jets' óolal ti' a ch'i'ibali', táan u beetik k'ak'áas pu'ulyaj ti'ob- tu ka wekaj le ja' tuka'aten ti'o' yéetele´ ka ts'o'oke', ook te naaj tu'uxan le x-atano'.

Ka ook te' naajo', u yatane' ts'o'ok u jéetsel u tuukul, u k'almaj u yich, u buuts'il le ch'uyub pukak'o' ts'o'ok u ka'a saktal. Tu tsolaj ti' le ba'ax úucho' ts'o'oke' ka tu ts'akaj, mix máak u yoojel bix úuch u beetik, tumen tu k'alubaj te' naajo', yéetele' te' solaro' mix ba'al béeychaj u yilk'ajal mix u yu'ubk'ajal. Ka' jóok' te' naajo', le xko'olelo' u búukintmaj u nook' kúulpach ti' u yichil, chika'an u chuuyilo'ob, tu ya'alaje' ts'o'ok u tukultike' yaan u bin yaantal tu naajil u na', ts'o'oke' tu k'aabe' táan u bisik jejeláas xíiwo'ob yéetel pay okilo'ob uti'al u kanáanta'al. xMarcelinae' juntúul xch'uup jach yaan u tuukul yéetel mina'an u sajakil uti'al u aktáantik je'en ba'axak yo'osal u béeytal u yáantik jump'éel kuxtal. Mantáats' ku ya'alike' yéetel u jaajil u yóole' leti'e' u meyaj u yilik u síijil mejen paalal, ma' uti'al u muuki', yo'osale' yaan u beetik tuláakal ba'ax je'el u béeytal ti'e' tumen yaan u kanáantik u meyaj beyxan u yéet ch'i'ibalo'ob.

Ku tselik le talamilo'ob ku yilik tu meyajo', ti' u jeelo'obe', xMarcelinae' juntúul xko'olel uts tu yich u máak'a'antik ya'abkach janalo'ob suuk u jaantalo'ob tu xa'anil k'oben, chuup xan yéetel jejeláas xíiwo'ob ku ts'aako'ob. U yíichame' jach ku ya'alik ti'e' ka u kanáantej ba'ax xa'ak'ilo'ob ki'ikúunsik le janalo'obo', bik xi'ik u kíinsuba'ob te' k'iino'oba'. Chéen ba'axe' leti'e' u yoojel ba'ax k'a'abet u ts'a'ik u yuuk' ti jujuntúuli', u táaslamaj tu'ux k'a'abet u bin, beyo' chéen ku che'ejtik yéetel ku tsolik tubaj wa ba'axo'ob. Ku yilik xan ba'ax k'a'abet ti' u láak'tsilo'ob, je'en bix ku cha'abal ti' tumen u meyajo'. Jach u ts'áamaj u tuukul ti' xko'olebil Concepción, ku beetik ti' ki'ki' payalchi'ob ti' u waxak k'iinil ti' u winalil diciembre uti'al u k'iinbesik u mank'iinalil, ku táanik janal tuláakal le wíiniko'ob kajakbalo'ob naats' tu naajilo'. U yéet kaj náalilo'obe' ku ya'aliko'obe' u ki'ikil payalchi' ilaj síijil mejen paalal, tumen mix táan u p'áatal jump'éel k'iin u ts'o'oksej payalchi'o' ka taak t'aanbil u yil u síijil juntúul chan paal, je'en bix, jump'éel viernese', chúumuk le kili'ich t'aano', le xpayalchi'o' tu ya'alaje': yáax yaayaj kili'ich t'aan, u kilich t'aanil pak'áalo'ob, jach te súutuk je'elo', ka k'uch juntúul xko'olel jach bika'aj síijil u chan paal, xMarcelinae' áalkabnaj u yáantej yéetele' ka tu ya'alaj tu jaajil u t'aan ti' tuláakal le u'ulabo'obo':

—Ts'o'okse'ex le kili'ich t'aano', le xko'olebil María leti' kanáantik le chan paala', le beetike' tu beetaj u k'uchul u na' uti'ial u yu'ub le payalchi' túun síijila'.

Tuláakalo'obe' tu ya'alo'ob le kili'ich t'aano', kex túun yu'ubiko'ob u síijil le chan paalo', jach tu ts'o'ok u k'aayilo'obe', ka tu yu'ubajo'ob u yook'ol juntúul chan xch'úupal, le bey túuna' tak bejla'e' u yéet kajnáalilo'obe' ku t'aaniko'ob "ko'olebil", kex u na'e' tu ts'áaj u jeel k'aaba' ti' ka tu beetaj u yookab yéetel ka tu ts'íibtaj u k'aaba'.

Juntúul xch'úupal ichil u yóoxtúulil u paalal xMarcelinae' ma' tu yóotaj u ts'o'oksej u xokik u primaria, tumen tu ya'alej chéen u kanik ts'íib yéetel xooke' yéetel le je'elo' yaan u béetal xan u yilik u síijil mejen paalal je'en bix u na'e', bey túuno' tu p'aataj le nak óol xooko' uti'al u yáantik u na' yo'osal u kanik le ki'ichkelem na'ato'ob yaan ti' u láak'tsilo'obo', mix tu tukultaje' wa leti' ken u ts'ookitej u yilik mejen paalal ichil u ch'i'ibalo'obi', úuchik u ts'áabal u kúuchil ts'ak yaaje', leti' k'uche' ka' tu ya'alo'obe' ma' uts' tu t'aano'ob le e'esaj miatsilo'ob beyo' ka yaanchaj u paaklam t'aanilo'ob yo'osal u k'aabetil u túumben na'atilo'ob le ts'aak yaaj ku xookolo'.

Tu kuxtal xMarcelinae', tuláakal ba'axe' uts yanik, tumen u k'aj óolmal le xíiwo'obo' yéetel le ts'aakilo'. U yíichame' jach jaaj u t'aan, wa k'a'abete' ku ts'a'ik ti' u yo'och le xa'ak' k'a'abet u bisiko' yo'osal u jóok'ol ti' le ba'ax ku tukultiko'. Wa ku ts'a'ik ba'ax tu yo'och u yíicham yéetel ti' u paale', ku máan aktáan u k'atal che' le xko'olebil Concepción, ku ts'íibtik u yich túun k'áatik ka sa'asa'ak u si'ipil, ku ya'alik ba'axo'ob je'en bix:

—Xko'olebil, yo'osal u tóoj óolalo'ob, teche' mix táan u p'aatal ma' a wáantik juntúul a paalal, ma' a toopken, tene' chéen táan in náach kúuntik yaaj óolal ti' in láak'tsilo'ob, yo'osal u ki'imaktal a wóole', tu jeel a payalchi'e' yaan in kíinsik le polok tso'o' ts'o'oke' yaan in ts'a'ik le janal ti' le máaxo'ob jach k'aabet ti'ob kajakbalo'ob way naatsile', a woojele' mix táan in k'áatik ba'ax ma' u béeytal, ma' a cha'ik in bin te' metnalo' yéetel le je'elo' utsil yaanen.

Ts'o'ok túune' ku ts'íibtik u yiche', bey u bin u kuxtalo' yéetel tuláakal u yóol u yilik u síijil mejen paalal. Leti'e' jach jets'el u yóole' mix bik'in kun tuusbil tumen u yíicham tak tu xuul u kuxtal, tumen leti' kun beetik ka úuchuk beyo'.

Le kuxtalo' jach ets'a'an óolal ti', sáansamal ken áak'abchajake' jets'el u yóol ken weenek, chéen ba'axe', le kaajo' káaj u líiksikubaj. Nojoch Ubaldoe', juntúul wíinik jach ku yuuk'ik chak poole', kaaxta'abe' ka ila'abe' táan u séen aawat ti' jump'éel t'úul beej. U yaawate' leti' ajsej kaajnalo'ob naats'o'obo', leti'obe' tu yu'ubajo'obe' ka líik' u síit'o'obe', tu ch'a'ob le kibo'ob yaan tu tas che'ob u ts'áamo'ob ti' u kilicho'obo' uti'al u jóok'ol u yilo'ob ba'ax le úucho', le je'el túuno' p'áat bey u áak'ab xíimbal le pixano'ob tu k'íinil le kimeno'obo'. xMarcelinae', ka tu yu'ubaj le jumo'obo', tu pixaj u sak óol yéetel u bóoch', bin tu k'óobene', ka jóok'e' tu bisaj tuláakal le xíiwo'ob k'a'abeto'ob ti' u ts'akik u chi'ibal kaan, yo'osal wa leti' le úucho'. Chéen ba'axe', ma' beyi', ka' kaxta'ab nojoch ubaldoe', u yiche' máan saajak, jach jak'a'an u yóol u puksi'ik'al, ku k'as a'alik ba'axo'ob ich maya beyxan ich kastlan t'aan, u kala'anile' bey jach tseel ti' tu séeba'anile', tak u yóol u kuxtale' ma' jach suunak tu wíinkilili, yo'osal túune' mix táan u béeytal u na'atk'ajal ba'ax ku jach a'alik.

Tumen mix táan u na'ata'al ti' ba'ax ku ya'alike', jach chéen wa ba'axe', ka xíixta'abe' mix ila'ab wa chi'ibi'. Bey túuno, xMarcelinae' tu ch'a'ej ka ts'áaj ti' jump'íit alcohol yéetel ruuda beyxan u jeel xíiwo'ob ki' u boko'ob u bilalo'ob ti' u ts'akiko'ob yaajilo'ob, tu ts'áaj u p'iit tu k'abi', aktáan u pool, tu yich yéetel tu tseem nojoch Ubaldo. Ka ts'o'oke' yuum Ubaldoe' tu ch'a'aj u yiik' ka káaj u kikiláankil.

—Ta wilaj jump'éel ja'asaj óolal, wa ta ch'a'aj k'aak'áas iik'— tu ya'alaj xMarcelina, tu ya'alaj yo'osal le k'aak'áas ba'alo'ob ba'apachtik le kaajo'obo', ka tu ts'ook a'alej —k'a'abet a bisikech ti' juntúul jmen wa ma'e' yaan u kíimil te'ex.

Ka tu paktaj juntúul u láak'tsililo'obe' ka tu ya'alaj ti' u bisiko'ob tu naats' kaajil Espita, te'elo' je'el wa u ts'a'akale'. Leti'e' mix táan u beytal u ya'alik u ts'akik juntúul kaltal máak je'en bix leti'e. Túun bin u sáastale', nojoch Ubaldoe' bin u k'a'ajal u yiik', ti' u súutuk u taal u yóole' ka tu ts'áaj ojéetbil ba'ax beet óolaj ti'.

—Tu ch'a'apachten le xtabayo', taak ka'ach u bisiken tu ya'axche' ti' u kíinsen —yo'osale' táan u sakach táan.

Ka tu yu'ubaj xMarcelinae', u yoojeele' jach talam u kuxtal wíinik ti' le ba'ax je'elo'. Luuk'e' ka bin tu naajil, te'elo' tu t'aabaj jump'éel kiib ti' le xko'olebilo'. Ti' u payalchi'e' tu k'áataj ti' ka náachlak le k'aak'as iik'o'ob tu t'úul beejo'obo', tumen ma' uts tu t'aan ka beeta'ak óolaj ti' u jeel u yéet kajnáalo'obi'. Ba'axe' le je'ela' chéen u káajbal u ye'esajilo'oba'. Nojoch Ubaldoe' tu ka ch'a'aj u yóol, jach tu ya'alaj ti' u úuchben ch'i'ibalo'obe' yaan u p'áatik le chak poolo', chéen ba'axe' tu beetaj chéen wa jayp'éel k'iino'ob, tu yóotaje' chúunk'in kun kaltal, tu p'ataj u jóok'ol kala'an ts'o'ok u yáak'abtal. P'áat túune' ku kaltal tu naajil, le ba'ax túun je'elo' p'áat k'aasil ti' u yatan, ken áak'abchajake' ku ya'alike':

—Xtabay, wa taalech yo'osale' ¿ba'axten ma' ta bisaji'? ¿beora'e' máax kun tselik ten in k´áat óolaj bey k'ink'uj ts'oka'an in kuxtala'?

Le k'áat óolalo' ku yu'ubal tumen u yéet kajnáalo'ob yéetel le ya'axche'obo', u ye'esajil túune' ku bin u lúubul u le'ob bey u chíikbesik u yéemel u yóolo'ob xan yo'osal u yaj óolal le x-atano', leti'e' juntúul xko'olel ku bo'otik u k'eban ma' tu beeli' tumen jach u k'ubmal u tuukul ti' ki'ichkelem yuum. P'áat mix táan u na'atik ba'ax u beetej, tuláakal máake' tu yilaj bix úuchik u kexpajal u yich, táan u p'áatal bey le xko'olebil ku yáaj óolal tu máan u xíimbal ti' u k'iinbesa'al le k'iin k'uuj ti' u kíimil ki'ichkelem yuumo'.

U k'aasile', le je'ela' ma' chéen leti'ob kun ilik u jela'anili', chéen u káajbal. Ti túulis uje', yéetel jump'íit sáasil ti' le t'úul beejo'obo', le kajnáalo'obo' bin u yáanto'ob u jeel kala'an táan u yawatike' beeta'ab óolaj ti'. Le je'ela' tu beetaj u káajal u tuukul le jalacho'obo', tu ya'alo'obe' le k'áaj ku yuk'ik nojoch Ubaldoe' leti' ku bin u t'i'it'pajal te' k'áajo''. U tuukulo'obe' bin u nojochtal ka tu yilo'obe' le ja'asaj óolalo'obo' má chéen p'áat beyo', káaj xan u sa'atalo'ob wa túulis uj te' t'úul beejo'ob naats'o'ob ti ya'axch'eobo'. Leti' le xtáabayo', le kaajo' u yoojel beyo'.

Nojoch Galindoe', u yuumil jump'éel kúuchil meyaj che'obe', kuxlaj ti' le meyaj óolalo', leti'e' jach u yoojele' le xtabayo' te' ku máan ti' u ya'axche'il le kaajalo'. U yoojel tumen tu yilaj. Juntúul xko'olel' bek'ech yéetel jach ki'ichpan tu sáasil uj, táan u xáache'etik u chowak pool yéetel u sóol le ya'axche' tu'ux yaano', u búukintmaj u huipil chuya'an je'en bix u yoot'el le kaano'obo'. Suka'ane' mix chi'ika'an wa u ts'áamaj u yook ti' le lu'umo', ma' xan chika'an wa yaan u xanab ken xíimbalnaki'. Yaan ts'o'ok u beeta'aj óolaj ti'obe', ku ya'aliko'obe' chéen ku yu'ubk'ajal bey yaan ba'al ku jíitik lu'ume', u jeel a'alik'e ku yu'ubk'ajal bey juntúul ts'o'e', ba'axe' mix u yoojelo'ob wa ku bin u jíiltikubaj lu'um bey jump'éel xoot' óol ti' le úuchen ts'íibo' wa xan yaanti' u yook le tso' ku máan ti' le solaro'.

U yatan le wíinko'ob beta'ab le óolaj ti'obo', je'en bix le kimen u yíichamo'obo' wa leti' le ts'o'ok u jach náakal u yóolo'obo', ku bin u xíimbalto'ob le xMarcelinao' yo'osal u beeta'al ti'ob ba'ax u yuuk'ob uti'al u yutstalo'ob. Le x-ilaj k'oja'ano' yáaxe' ku t'i'it'besik buuts' yéetel tikin xíiwo'ob ku kaxtik tu kaajal ti' u yilik wa ma' pa'ak' ti'ob k'aak'áas iik' yo'osal le óolal beeta'ab tu yíichamo'obo'. Ts'o'oke' ku ts'aik ti'ob u ja'il u loot paak'áal uti'al u jéets óolo'ob beyxan ti' u je'esikuba'ob. Chéen ba'axe' le x-ilaj k'o'ja'ano' ku yilike' úuchik u yúuchul le kimilo' u yuutsile' uti'al le x-ko'olelo'obo' ch'a'ab óotsilil ti'ob tumen ya'ab k'iine' u ts'akmaj u yaajilo'ob tu'ux ku ja'ats'alo'ob tumen u yíichamo'ob.

xMarcelinae' u yoojele' mina'an ti' u pulya'ajil wa u ts'aakil uti'al u náachkúunsik le xtáabay te' kaajo', tumen ti' yaan u yiik'al úuchben ja'abo'obi', kex mix máak k'uchuk kajtale' te yaani'. Ka káaje' mix táan u kíinsik kaltal íichamo'ob, ka bu bin ja'abo'obe', chéen ka p'áate' yaan u ch'a'ik u meyajil uti'al u jáalk'abtik le xko'olelo'ob tsoka'an u beelo'ob mix táan u bin utsil ti'obo'.

Ti' le noj k'aas ku yúuchul ti' le xko'olelo'ob ku yaj óolalo'ob ti' le kaaja', xMarcelina xane' tuukulnaji' ka káaj u beetik ts'aako'ob u yuuk' yéetel ba'ax u jantej u yíicham, yo'osal u p'aatik u yuk'ik le k'áajo' uti'al ma' u beeta'al le óolal ti' ku yúuchul ti' le kaajo'. Jach tu tuukule', leti'e' u k'áat u ts'áaj u yuuk' jejeláas ba'axo'ob yo'osal ma' u ts'aik ti' le uk'ulo'ob uti'al u p'atik u kaltalo', ba'axe' u sajakile' wa ken u xa'ak'tej ku beeta'al óolaj ti', u yoojel xane' mix táan u pakta'al uts tumen le xko'olebilo', beyo' ku ye'esike' táan u báaxal u yu'ubikuba'e ki'ichkelem yuum tumen mix táan u cha'ik u máan jáalk'abil u yíicham.

Ba'axe', kex jach ya'ab u kanáan le x-ilaj k'oja'ano', ti' octubre túulis uje', u yíichame' xáanchaj u tsikbal yéetel u kumpale', te'elo' jach kalchaj táan u k'a'asiko'ob bix úuchik u beetik u paalilo'ob yéetel u xi'ipalilo'ob, tu yaj óoltajo'ob bix u kuxtalo'ob ka'ach ma' tsoka'an u beelo'obi' yéetel ba'ax u jeel ku yúuchulo'ob ti'ob bey yaan u yatano'oba'.

—Tin wa'alaj tech, kumpal, ¿Ba'axten ts'o'ok ak beel? Jach máan ki'imak ak óol táan ak junsaj óol way tak kajtala', beorae' k'axa'ano'on —Ku yaj óoltiko'ob táan u yuuk'iko'ob le chak poolo'.

—Ilej oochela', kumpal, k'a'ajsej bix úuchik a ts'íiboltik in xkumal ka ta wilaj u jóok'ol te' kúuchil juuch' yéetel u ch'óoy yaan ti' sakan uti'al u pak'achtik waaj.

—Jaaj, kumpal, sáam k'a'ajakten ba'axten ts'o'ok in beel, in wa'ake' tu pulya'ajen le xkumalo', le beetike' ts'o'okin beel-Káaj u ch'e'ejo'ob le ka'atúul etailo'obo' ka tu yilajo'obe' ts'o'ok u yáak'abtal.

—Áalkabnen kumpal, wa ma'e' yaan u séeb kíinsikech le xtáabay ma' k'uchukech ta naajilo'.

Yo'osal túune' je'en bix béeyak ti'e' ka wa'alaj u yíicham xMarcelina, tu ch'a'aj u yúuchben t'íinchabalak', tu yóotaj u naat'e' ka tu yilaj mix táan u páajatal ti'e', túun bin u jíitik tu naajil. Séeb u bin je'en bix u béeytal tio'. Bix u bin u náachtale', ku bin u sáastal u paakat yéetel u juul le ujo', saajak bix u bin u bin ku k'a'ajsik túun le payalchi'ob ka'ansa'ab ti' tu naajil k'uujo', chéen ba'axe' ts'o'ok u jach úuchtal u ya'ale', ma'atech tak u bin u yu'ub noj k'ul t'aan, le beetike' jela'an ba'axo'ob ku bin u ya'alik ti' wa jayp'éel le ku bin u k'a'ajal ti'o'. Mix máan naats' le ya'axche'obo', ba'axe' táan u xíimbatik le beejo', ka lúub tu'ux ya'abkach su'uk ka bisa'ab yaaxche.

Ti' kulukbal túun le xtáabayo'. U kala'nil u wíinkilile' luk'tij,' tu k'ilka'ataj. Mix pakta'ab ten le xtáabayo', kúulpach yaanik. Mix táan u yilik wa yaan máax xíimbaltik, chéen túun xa'achetik u chowak ts'o'otsel pool mix táan u péek. U yíicham xMarcelinae', leti'e' chéen ku k'a'ajal ti' bix úuch u beetik u ses le xtáabay uti'al u t'a'anlo'. Tu yóotaj awat, ma' beychaji', tu yu'ubaje' aal u wíinkilil mu béeytal u péek, chéen beylaj u ya'alik wa jayp'éel t'aan mix táan u na'atk'ajal.

—Chéen naaje', mix máak kun u'uyikech, way kech p'áatal tin wéetele'.

Chéen ba'axe', le ts'aako'ob ku beeta'al ti' tumen xMarcelinae' leti' áantik ma' u jach tu'ubul u na'at, ti' junsúutuke', yaanchaj u páajtalil u ka'a awat. U yéet kajnáalilo'ob yéetel u yatane' tu na'ato'ob yo'osal le óolajo'ob yéetel le sa'atalo'ob ts'o'ok u yúuchulo'obo', u yoojelo'obe' yaan u t'abiko'ob u kibo'ob, le peek'o'obo' sajako'ob táan u toojolo'ob, le miiso'obo' ku ta'akikuba'ob. U chan p'íit u yiik'al le áak'abo' leti' ts'áaj u na'at le x-ilaj k'oja'ano', u yíichame' yaan ba'ax ku yúuchul ti'. Yo'osal túune' ka jóok'e' u ch'amaj u ts'oon, jach p'uuja'an mix sajaki' kex ma' u jach oojel ba'axi'. Bin u ch'a' tu k'óoben le ba'axo'ob u beetmaj uk'bil maas séeb u meyajo'obo', tu ch'a'aj u leech kaalil yaan u k'atab che'ilo'ob uti'al u kanáanta'al yéetel xane' tu yoksaj tu sáabukan ya'ab u jeel ba'axo'ob. Ka jóok'e' tu ch'a'aj u yóol le ts'oono' yo'osal wa k'a'abet u yáantikubaj wa ku yil juntúul k'aak'áas ba'al. Táan u bin u xíimbale', jach táan u tukultike':

> —Tin sen a'alaj ti', kexi' wa kuxa'an ken in kaxtej, tumen tene' taak in kinsik yéetel in k'ab. U yoojele' mix k'a'bet u kaltal te' k'iino'ob je'ela', maas wa ts'o'ok u yáak'abtal.

Táan u bin u náats'al te' kúuchilo', jach chika'an u yilik u yoochel le xtáabayo', beyxan u yíichamo', táan u bin u síispak'e'entel u yu'ubik taytak u kíimil. Tu ch'a'aj u ts'óon ka tu wak'aj yo'osal u ye'esike' ts'o'ok u k'uchul. Ka u'uya'ab ten u yíichame' káaj u máan u sajakil, séeb úuch u jirichtikubaj ti' jump'éel koot. Le ka'atúul xch'uupo'obo' tu paktuba'ob.

> —Le je'el túuna' a wíichan. In woojele' ka náaysik u yóol le xko'olelo'ob kimen u yíichamo'obo', kin wilike' yáax ko'olelech mix táan a ki'imak ta wóol uti'al in jalk'áabtikech ti'; le xiibo'bo' mina'an u su'utalo'ob, chéen u k'áato'ob u xk'oosilto'on, beyli' u yúuchul tak ka'ach kuxa'aneno'.

—Cha'aj u jets' óol in wíichan, ma' a paktik. Kex wal mina'an u su'utale', le je'elo' ten kun ilik —tu ya'alaj, ka bu tuch'bik u ts'oon ti' le xtáabayo'.

—Wa beyo' jach a yaabilmaj. Jach mina'an a tuukul bey in kiike', jach uts u tuukule' u yaabilmaj le xiibo'obo', tu ts'o'oke' ka p'a'at tu juunale' kaxta'ab kimen te beejo', in wa'ake' ichil juntúule' leti' beetej. Jach uts u tuukul, je'en ba'al k'iine' táan u tu'usul ¡ts'onen wa a k'áat! Tene' kimenen, mix táan u beytal a kíinsiken, mina'an in wíinkili uti'al ka máanak u yóol a ts'oon ka beetik ten óolaj. Le je'elo' chéen ken a pul beyo'.

xMarcelinae' ts'onaji', u yóol le ts'oono' táats' máan ti' le xtáabayo', ka ch'ik ti' le ya'axche'o'. Le che'o' tíitbanaje', ka bu bin u sutik le ba'ax u ti'ilo'ob le wíinko'ob saatalo'ob ma' úuch winalo'obo': nook'o'ob, jump'éel k'aax nak', junts'íit k'eewel xanab yéetel u jeel ba'axo'ob k'aaj óoltabo'ob tumen u yatano'ob. Le che'o' tu cha'aj u lúubul wa jayp'éel u le', le xko'olelo'obo' tu paktaj u yicho'ob, xMarcelinae' beychaj u yilik bix u saajakil u yich le wíinko'ob ma' beychaj u ka'a suuto'obo', kex beyo' mix tu ch'a'aj sajakili', tumen le xtáabayo' chéen xiibo'ob ts'o'ok u kíinsik mix juunten u kíins juntúul xko'olel. Le xtáabayo' ka tu báaytaj u yaajil le ya'axche'o', tu ch'a'aj u yiik'e' ka tu ya'alaj beya':

—Jets'kúunsabaj, in ya'axche'e', mix táan u beetik tech u jeel óolal— yéetel jump'éel péeke' ka tu k'alaj le yaajilo'ob yaan tu sóolo' —le paak'alo'obo' mix táan u tuuso'ob je'en bix le íichamo'obo'— ka ts'o'ok u ya'alik beyo'.

xMarcelinae, ka tu yilaj u yóol le ts'ono'ob mix táan u beytal u yáantajo', ka tu pulaj le ts'oon te' lu'umo', yéetel ka tu jo'osaj tuláakal u múuch'il le xíiwo'ob uti'al u ts'aako' je'en bix leti' juntúul xko'olel jach u k'ubmaj u tuukul ti' ki'ichkelem yuumo'. Ti' jump'éel luuche' tu ts'a'aj ja'i' yéetel xíiwo'obi'. Ka tu pulaj ti' le xtáabayo', chéen ba'axe' bey mix táan u beeta'al óolaj ti'e', kex le ja' je'elo' tu beetaj u jóok'ol u k'i'ixil le ya'ache'o'. xMarcelinae' tu jo'osaj jump'éel suum u beetmaj u t'aanil paal uj, yéetel jump'éel tuuniche' ka tu pulaj ba'apach le ya'axche'o'.

—Mix táan u béeytal in kíinsikech, ba'axe' je'el u páajtal in k'alikeche' yo'osal ma' a beetik u p'ú'ujul le kaaja'.

—¿In beetik u p'u'ujul? ¿ba'ax a k'áat a wa'alej? Ma wilika' bix ki'imak u yóol xArcadia tumen tu juunal yaan, tu jats'utskinsaj tak u naajil le je'elo' mix bik'in utskíinsa'ab tumen u yíicham, yo'osale' tin tselaj yóok'ol.

—Xul a kíinsik wíinko'ob, le je'elo' mix teech unaj a beetiki'—túun ya'alike' táan u bin u k'axik le che' yéetel le suum yaan u sook' kij ti'o'.

—¿A k'áat a wíicham? Bisej. Táan a pixik le ya'ache'a', ba'axe' mix bik'in u ka' béeytal a suutik le wíinko'ob kimeno'ob ma' ta ka'a kaxte'exo'obo'. Tene' yaan in luk'ul waye', ba'axe' mix táan in p'áatik in wáantik le xko'olelo'ob jach ku yook'olo'ob yo'osal le jats'o'ob ku beeta'al ti'ob tumen u káaltal íichamo'obo'.

Ti' le súutuk je'elo' k'aaynaj juntúul t'eel, u juul le k'iino' bin tu tojil le ya'axche' k'axa'ano'. Le xtáabayo' sa'at te' kúuchil je'elo'. Le che'o' tu lúubsaj tuláakal u le', u nook' le wíinko'bo', k'aj óoltabo'ob tumen u yatano'ob. xCleotilde tu yilaj le k'ewel xanabo', te' súutuk je'elo', u yoojele' u yíichame' ma' bin u mol u yiits le ya'o', te' p'áat kimil yáanal te'elo'. Le xko'olelo'ob mina'an u yíichamo'obo' tu beetajo'ob u kúuchil ti' u ts'a'ik u kimeno'obo', yéetel xane' xMarcelinae', p'áate' chéen leti' ichil le xch'uupo'obo' yaanchaj u yóolil ti' u ba'atel yéetel u beetik u bin le xtáabayo'.

Ti' u jeel kaajo'obe' ku taal ilbij xMarcelina uti'al u balik le ya'axche'ob tu'ux ku bin kajtal le xtáabayo', ba'axe' leti'e' ku jach a'alike' u meyaj ti' le kuxtala' chéen u yáantik u síijil tumben kuxtalo'ob, ma' u chukpachtik úuchben xkíinsajo'obi'. Wa a k'áate'ex ka luk'uk te'elo', a'ale'ex ma' u ko'onol chak pool, yo'osal u p'áatal mina'an kala'an wíinko'ob ka xi'iko'ob ken áak'abchajak ti' le túumben beejo'ob tu'ux yaaan le xtáabayo', bey u ya'aliko'.

## Abrió su tienda tras la llovizna

Le he dado muchas vueltas en mi mente a esta historia, antes de siquiera intentar escribirla, pero considero que es momento de hacer justicia narrativa a quienes en algún punto me cuidaron cuando lo necesité. La infancia es la etapa más significativa de todo ser humano, las repercusiones de sus vivencias, alegrías y ausencias mantienen los consultorios de psicólogos llenos para intentar superar esas dolencias forjadas con fuego en nuestros primeros años de vida, cuando aún desconocíamos lo que era vivir o morir. Esto es peor cuando vives en la calle 55 de mi pueblo, la cual está llena de personas fascinantes de cuyas historias me quedan tenues ecos en la memoria.

Cuando era niño, el mundo exterior parecía estar totalmente nuevo, algunas cosas carecían de nombre preciso y hacía esfuerzos titánicos para aprender cómo funcionaba aquello que me rodeaba. Todo lo consideraba normal, mi atención permanecía activada constantemente, pues cada momento era mágico cuando descubría mi entorno. De pronto, las sensaciones comenzaban a tener una palabra específica para distinguirlas. Aprendía cosas interesantes, me daba cuenta que algo es dulce mientras otra cosa es amarga. La piel me enviaba señales de algo llamado frío, y cuando vives en el Mayab, es necesario comprender la mejor manera de vivir en el calor perpetuo. Estas emociones constantes del mundo que descubría paulatinamente me iban enseñando que ciertas cosas podemos llamarlas *algo normal*. Así fue mi infancia desprovista de fantasías, pero azotada por la realidad mágica de quienes me cuidaban, la cual estaba por todas partes y no necesitan conjuros extraños para hacerlas presentes, bastaba con prestar atención a los susurros domésticos cotidianos.

Recuerdo que tenía tres años cuando tuve que vivir durante unos meses con mis tíos abuelos, porque después de que nació mi hermana fue necesaria otra operación de emergencia a mi madre. Entonces la hermana de mi abuelo le dijo a mi madre:

—No te preocupes, hija, llevo a la bebé y al niño, yo los cuido en lo que te recuperas.

No recuerdo muy bien cómo fui llevado allí, pero hasta hoy me persiguen los aromas que me remontan al pasillo de entrada de esa casa, al grado que tengo la certeza infantil de que allí se encuentra un refrigerador que cuando se abre emana un olor a yogur y gelatina de fresa. Aún ahora cuando llego a esa casa mis sentidos son invadidos por buenos recuerdos, los cuales me reconfortan en algunos días difíciles, dejándome sentir emociones fascinantes. Cuando llegué a esa casa, todo parecía ser normal, excepto porque mi tía estaba casada con el más célebre de los comerciantes del pueblo, don Edgardo, el último descendiente de un linaje antiguo de comerciantes mágicos locales.

Mis tíos vivían en el pleno centro de la Tierra del Tapir, en la calle 55 entre 50 y 52, la cual era claramente reconocida por tener una panadería exquisita y la tienda más memorable. La calle 55 era la calle de mis abuelos, bisabuelos y otros tíos menos célebres, de quienes algún día quizá les voy a contar. En esa época, ellos convivían con una serie de personas interesantes con secretos y acciones que aún hoy sorprenderían hasta al ateo más escéptico. No todos fueron parte de mi árbol genealógico, pero muchos hicieron cosas prodigiosas poco dignas de olvidar, de tal modo que, dentro de todas esas sensaciones nuevas en mi infancia, muchas correspondían a un interesante mundo extraordinario escasamente considerado como natural.

La Tierra del Tapir era aislada, y muchas cosas sólo se conseguían en la capital, a la cual se tenía que viajar por tren o caminos de terracería que eternizaban los trayectos. Aunque no muchos lo admitirán, el oriente peninsular era una zona bastante desprovista de avances modernos, haciendo que la medicina herbolaria tradicional y el ingenio de los curanderos locales en muchas ocasiones salvaran a los enfermos dejados por las pestes temporales. Este era el mundo en el que puso su tienda mi tío Edgardo, cuya singularidad estaba sostenida en la aparente infinitud de su bodega, pues allí se encontraba absolutamente todo. Parecía ser un lugar con incontables conexiones al resto del mundo, carecía de tiempo, pues las cosas que se almacenaban perdían su fecha de caducidad, pero también el espacio parecía no estar definido, pues en ocasiones las cosas parecían materializarse al momento de necesitarlas o al momento en el que tío Edgardo metía la mano en algún cajón. En ese sitio se almacenaba todo aquello que alguien pudiera necesitar en cualquier emergencia.

Como en la ocasión que Casilda llegó desesperada, se aparragó en el mostrador, pidió un vino aromatizado y un poco de aceite de romero, por los fuertes dolores menstruales de su hija. Mi tío sólo extendió la mano, entregándole lo que pedía, cuando unos instantes anteriores estaba vacío su mostrador. A Casilda le asustó tanto, que se mareó y tuvo que sentarse un momento para asimilar lo visto en ese instante, pero su mente no le permitía aceptarlo por contradecir cualquier explicación lógica disponible.

En un mundo tan reciente con la falta de proveedores de enseres comunes, esa tienda se fue convirtiendo en la más celebre a muchos kilómetros de distancia, sin embargo, en ocasiones le parecía sumamente extraño a los habitantes del pueblo. No faltaba quienes habían pensado en denunciar con el cura esas singularidades ocurridas en la calle tan céntrica cercana a la parroquia, a pesar de ello, los más sensatos lo consideraban un misterio con el que era conveniente vivir, después de todo, sin ese comerciante de tienda infinita, la vida del pueblo sería más árida, más vacía y desprovista de cualquier avance de aquella actualidad.

Sin esa tienda, hubiera habido faltante de ungüentos o vinos milagrosos con los cuales casi podían revivir a los difuntos; sin sus aceites traídos sobrenaturalmente por mi tío Edgardo, muchas parteras hubieran carecido de las herramientas necesarias para los alumbramientos atendidos y, quizá, el cementerio local tendría más infantes en sus tumbas. Entonces, esa extraña capacidad de surtir hasta lo imposible era sumamente apreciada por los pobladores. Hasta los curanderos locales dependían de algunos insumos esenciales que sólo encontraban en *la tienda de don Mundito*, así fue bautizada por los locales, porque la bodega era todo un mundo lleno de misterios, don Edgardo era capaz de materializar cualquier cosa por más extraña que fuera.

La tienda también era célebre por trabajar a contraturno, mientras los otros cerraban para descansar, mi tío abría su comercio, eso incluía las noches más solitarias que podía vivir el pueblo, de tal modo que, a pesar de tener todo aquello que se pudiera necesitar, lo difícil era encontrar abierta la tienda, de allí que muchos dijeran:

—Cuando tú creas que está cerrada cualquier tienda, entonces la de don Mundito estará abierta, ese es el truco para pedir lo que necesitas. Sí, tienes que espera a que todos cierren y nadie más venda.

Entre los días que viví con mis tíos abuelos, una tarde serena de horas lánguidas, don Jorge decidió hacer realidad unos de sus más grandes anhelos: quería aprender a tocar la guitarra para llevarle serenata a su esposa por su décimo quinto aniversario de matrimonio. Lo cual era digno de celebrar, pues su mujer seguía viva después de diez embarazos bien logrados, gracias a la habilidad milagrosa de doña Marcelina, la partera experta del pueblo. Eufórico por su aniversario, estuvo yendo de tienda en tienda para encontrar la guitarra perfecta, pero no había, miraba sus ahorros y se daba cuenta de su imposibilidad para viajar a la capital y comprar cualquier instrumento con la finalidad de hacer sonreír a su amada. A pesar de que el boleto del tren sólo costaba $5.00 en aquella época, no le iba alcanzar.

El día del aniversario se acercaba, pero don Jorge ya cargaba un rostro de desánimo por no cumplir con la serenata. Cuando se estaba dando por vencido, un trovador local le ofreció una guitarra de medio uso, sin embargo, ya se escuchaba cansada de tantas tocadas y su vibración hacían sentir que sus mejores años habían pasado. No eso deseaba trasmitirle a su esposa en la serenata, por el contrario, quería evocar la sensación de que lo mejor estaba por llegar, incluso, podía haber un par de partos más en su bella familia. Entonces, decidió tener una guitarra nueva que trasmitiera esos sentimientos nobles de frugalidad. Sin más remedio, continuó su búsqueda, pero no la encontraba. Sin otra posible opción, se dispuso a vigilar la tienda de mi tío Edgardo, estuvo toda la mañana esperando, hasta que llegó la hora del almuerzo, aguantó hambre con el afán de cumplir sus sueños para el aniversario.

Cuando se estaba dando por vencido, escuchó un fuerte estruendo, como si en ese preciso momento toda la tienda emergiera de las entrañas de la tierra y estuvieran colocando las mercancías en su justo lugar, según el orden indicado por el alfabeto latino. También, se escuchaban fuertes ventiscas desde dentro como el batir fuerte de las alas de algún ser descomunal, incluso, en la rendija debajo de la puerta salía una brisa fuerte que sacudía todo a su alrededor, dando origen a un pequeño remolino de viento y polvo con hojas secas, al verlo, por un instante pensó que algún difunto se le iba a materializar, pero seguido de esa visión, escuchó el sonido brusco del tendero cuando abrió de un golpe su negocio.

Don Jorge se sacudió el susto por lo que había escuchado junto con un poco de polvo que había levantado la apertura tempestuosa del comercio. Miró a mi tío Edgardo, un hombre delgado, alto y de ojos azules que emanaba una inusual tranquilidad de monje medieval escondida detrás en una sonrisa cálida que parecía ocultar secretos incompresibles para los esposos enamorados, deseosos de llevarle una serenata a su amada. Tenía un aroma a colonia de naranjo, y eso le dio a don Jorge la suficiente tranquilidad para comenzar a tartamudear como motor aturdido que se negaba a arranca.

—Hola, don Jorge, ¿qué le trae por aquí? —dijo mi tío, lo cual puso aún más nervioso al cliente, pues nunca dijo su nombre ni tampoco había cruzado palabra con él en alguna etapa de su vida.

—¿C'cocómo supo mi nombre, don Edgardo? —preguntó.

—Pues fácil, tienes cara de llamarte Jorge, así que no podía equivocarme. Además, te sorprenderías de las cosas que simplemente sé, es parte indispensable del oficio de tendero en pueblo agreste—. Contestó mi tío Edgardo y soltó la carcajada, luego tomó aire y continuó— pero no creo que mis secretos te traigan aquí, así que dime, ¿en qué puedo ayudarte?

—Don Edgardo, fíjese que quiero llevarle serenata a mi esposa y necesito un instrumento, quiero una guitarra, pero no encuentro ninguna —comentó don Jorge, y lo detuvo abruptamente mi tío.

—¡Déjeme veeeer! —dijo mientras recorría minuciosamente con la mirada toda la tienda visible, desde su mostrador ancestral, el cual le había heredado su padre y llevaba más de tres generaciones en la familia de comerciantes—. Si quieres un requinto, no hay, pero vente a eso de las once de la noche. Lo platicamos. Igual hay algo de tu agrado, por ahora vete a comer, porque hasta aquí escucho tu hambre, y me siento un mal cristiano al ver tu cara de hambriento.

Jorge salió desconcertado y se fue a su casa, al sentarse a la mesa, su esposa lo vio muy pensativo, intentó hacerle plática y averiguar qué le ocurría, pero su marido sólo asentía con la cabeza mientras decía: jaaa', después de cada interrogante. Aquella expresión local era una manera de decir que estaba bien, pero sin prestarle atención suficiente como para darse cuenta de las preguntas hechas por su esposa. Ella, mientras tanto, comenzó a tener taquicardia, pues pensaba que otra mujer lo estaba sonsacando o peor aún, sentía que la iba a dejar después de muchos años de matrimonio y diez partos o quizá la comida no le había gustado, debía haber cocinado el pavo en vez del venado que había cazado don Lorenzo. Cada una de esas ideas la torturaban desde sus adentros. La imaginación de la mujer iba a alta velocidad y su corazón comenzó a galopar como caballo embrujado poniéndole cada vez más nerviosa. Ya pálida de todos los posibles finales fatídicos que pudo haber pasado por su mente, insistió con el interrogatorio.

—Dime, Jorge, ¿qué tienes? Nunca llegas así a la casa y menos muy tarde para comer, si lo sé yo, que te tengo bien alimentado, así todo purúx —dijo su esposa refiriéndose a su complexión robusta, mientras se tragaba el temor de una mujer enamorada a la que le arrebatan al marido por alguna descarada anónima.

—Nada, fui al centro a comprar, me encargaron unas cosas para el trabajo, pero no los encontraba, y pues fui a la tienda de don Edgardo. Nunca vamos allí, pero cuando me vio, me llamó por mi nombre. Fue extraño. Intento recordar si lo conocemos de algún otro lugar.

Entonces, la esposa suspiró profundamente porque no era otra mujer la que tenía así de extraño a su marido. Recobró el ánimo y la fe en sus santos, una parte de ella que era atea, también agradeció a Dios por la fidelidad aparente de su marido. Una vez resuelta la interrogante y tranquila por conservar intacto su sacramento matrimonial, dijo:

—Claro que lo conocemos, pero nunca vamos a su tienda, es ministro de comunión, algunos domingos está en la misa cuando vamos, seguro de allí te conoce —dijo mientras abanicaba con el pedazo de cartón el fuego con el que cocinaba.

Entonces Jorge consideró la posibilidad de que los ministros de comunión conocieran las vidas de los creyentes a quienes les daban la hostia en las misas dominicales. Esos ministros siempre le habían parecido personas con dones especiales, lo cual explicaría el sagrado permiso otorgado para ayudar al sacerdote en ese momento tan especial en las celebraciones. Saber cosas de feligrese parecía un don necesario para determinar si se estaban en la gracia necesaria al momento de recibir la ostia consagrada. Las cosas parecían tener sentido, don Edgardo poseía ese don, eso explicaría cómo sabía su nombre, sin jamás haberlo conocido. En esos momentos le nació el temor inesperado, pues también era posible que haya visto su alma y supiera de algunos pecados que ni él mismo estaba dispuesto a admitir en voz alta ante un sacerdote en plena confesión. Su esposa, ajena a los pensamientos del marido, continuó diciendo:

>—Dicen cosas raras de ese señor. Doña Eusebia cuenta que se convierte en un ave muy grande y va a comprar las cosas que no están en su tienda, por eso tiene de todo, se convierte en gran águila, un jwáay poop. Con sus garras carga unas cajas de madera y se va a comprar donde pueda conseguir lo que le pidieron. La familia de Eusebia ha vivido cerca de su casa por generaciones y su mamá está segura de que esas artes las heredó de su padre, pues él también hacía esas cosas —remató su esposa.

>—Estás loca, mujer, cómo se va a convertir en ave un humano. Imposible. Tú que andas creyendo

chismes. ¿Crees que el cura le daría permiso a alguien así para que dé la ostia en la iglesia?

—Pues eso dicen. Ya ves que siempre está cerrada su tienda y sólo la abre en horas extrañas. Es porque él está comprando en la capital cuando están abiertas las demás tiendas. Pero según Eusebia, hay días que sopla un viento que sacude sus láminas y caen gotas de lluvia, que esa es la señal de que ya llegó Edgardo, no falla esa señal, después de ese viento y llovizna, vas a la tienda y ya está abierta. Sabes, Jorge, no eres el único que ha visto cosas extrañas. Don Edgardo es jwáay poop, lo fue su padre, lo fue su abuelo y él también lo es —concluyó su esposa.

Los jwáayes han sido humanos con el conocimiento necesario para trasmutar en algún animal. Algunos los llaman brujo o jmen, si era mujer entonces se les llamaba xmen. Ellos acudían a estas habilidades para acceder a las características de las bestias que encarnaban. Según la naturaleza de las personas, las bestias pueden ser mansas u hostiles, es el corazón del trasmutado que define a la bestia. No todos los jmenes son jwáayes, aunque tengan las habilidades para ello, hay quienes simplemente eran médicos tradicionales que controlaban todo tipo de fuerzas sobrenaturales sin la necesidad vana de trasmutar en bestias. También existían hombres y mujeres que no ejercían el oficio de sanación, sino que sólo trasmutaban en animales para asustar o cometer fechorías en las calles y pueblos mayas. Eso sí, todo los jwáayes son esquivos, una vez trasmutados, era extraño verlos, pues normalmente se esconden en la oscuridad y sólo sus sonidos bestiales permitían saber de su presencia.

Normalmente evitaban ser identificados y así sorteaban la muerte provocada por turbas de personas que no aceptaban su existencia o por considerarlos demoniacos, sin embargo, aquellos jwáayes apacibles e incapaces de dañar a los animales ajenos u otros humanos, eran tolerados sin tanto problema, muy a pesar que en ocasiones escuchasen ruidos extraños que daban evidencia de su presencia. No dañar a quienes no nos dañen, era una regla tácita en los pueblos y había sido respetada desde antes de la llegada de los conquistadores a estos lugares. Había una célebre señora llamada Jacinta, quien carecía de la prudencia necesaria para sobrevivir como lo tenían otros jwáayes, y con frecuencia afirmaba que era una jwáay miis, una mujer que trasmutaba en gato, y que cuando necesitaba dinero se convertía en una felina negra para saltar de casa en casa sin que se dieran cuenta.

Varios vecinos la habían visto salir trasmutada en una felina oscura, casi una sombra infernal de gran tamaño con cierta agilidad inusual y la característica mirada brillante de los animales nocturnos. Su pecado fue presumir esas habilidades ocultas de viva voz, de tal modo que cuando hubo una serie de robos en el pueblo, la gente llegó a su casa para lincharla y terminó siendo herida de muerte una noche de luna llena en la que había trasmutado, quedando tirada sin vida en su casa con una bala de plata en su costado izquierdo.

Don Edgardo, por el contrario, pertenecía a un linaje diferente, pues era de aquellos jwáayes benignos que se trasmutaba en un ave descomunal para surtir su tienda, y eso no le perjudicaba a nadie. Algunos decían haberlo visto llegar con cajas de madera sujetadas en su espalda, desapareciendo justo donde estaba su bodega. Otros, decían haberlo visto como un gran águila que en las garras tenía amarradas sogas de donde colgaban las cajas. De cualquier manera, sus artes de trasmutación habían beneficiado a un pueblo completo, trayendo ungüentos extraños, jarabes reconstituyentes o aceites de almendra con inusual pureza y aroma que ayudaba a las parteras al momento de alumbramientos difíciles. Gracias a ese tendero místico, los paladares locales habían probado quesos europeos, embutidos y dulces que en ninguna otra parte se habían probado. Los pueblos cercanos acudían por todo tipo de medicinas o artefactos para ejercer sus oficios.

En realidad, los instrumentos musicales era lo menos vendido por don Edgardo. El hecho de que alguien llegara a comprar una guitarra era algo extraordinario y una ocasión que ameritaba hacer viajes místicos a la capital para surtir la tienda. Don Jorge era un hombre tradicional de pueblo con sus horarios marcados por los ciclos de la luz solar, las estaciones y las cosechas. Normalmente se acostaba a dormir a las siete de la noche para estar despierto a las cinco de la mañana, luego correspondía esperar hasta las once y media para ir a comprar con don Edgardo. Era la primera prueba de amor hacia su esposa, aunque ella no lo viera de esa manera. Luchaba para mantenerse despierto, a las diez se estaba dando por vencido, se levantó y preparó un café, luego se sentó en la mesa de la cocina mientras comenzaba a reconsiderar renunciar a su sueño de ser trovador. De pronto, escuchó una tenue llovizna inusual en esas épocas del año. Recordó los chimes que le narró su esposa, así que supuso que don Edgardo había regresado y su tienda debería estar abierta.

Se levantó de la mesa, tomó su cartera y se encaminó al centro a comprar esa guitarra de una vez por todas. Al llegar, don Edgardo estaba sacando una silla a la puerta para quienes tuvieran que esperar su turno, pues la tienda no era autoservicio, sino que cualquier cosa que se necesitara debía ser entregado por las manos del tendero, así lo marcaba la tradición desde su bisabuelo y él la cumplía a cabalidad. Cuando se acercaba, el tendero lo miró, sonrió y dijo: has llegado temprano, bienvenido, tengo pendiente tu pedido.

Lo miró de arriba abajo sin decir una sola palabra, cerraba los ojos por momentos como si estuviera haciendo oraciones antiguas al saber cosas que únicamente los jwáayes podían saber. De repente, abrió sus ojos azules, sonrió y afirmó:

—¿Quieres tocar la guitarra y no tienes una, pero tampoco sabes cómo hacerlo? Mmm, interesante. Mira, tengo esta guitarra campechana, escucha, ya la he afinado. Su sonido es grave y profundo, creo que entona con tu voz. Pero no sabes tocarla. Así que necesitas ayuda extra—. Se tocó la barbilla intentando recordar— Déjame veeeer, tengo este cascabel de serpiente, es reciente, apenas me los trajo el esposo de Marcelina cuando vino a comprar aceite de almendra para los partos que atiende su esposa —lo tomó entre sus dedos y lo sacudió nueve veces mientras hizo un tenue murmullo casi inaudible, como si estuviera activando ese artefacto, lo introdujo en el centro de la guitarra y dijo— lo vamos a poner aquí adentro, no para mejorar su sonido, sino para acelerar tu aprendizaje. ¿Sabes? También tengo los libros para instruirte lo suficiente y puedas interpretar las canciones románticas. Toma —bajó la mirada mientras anotaba la cuenta diciendo —con esto, son 5 pesos más, así, ahora sumamos, lo voy a anotar en este papel, para ver si tus ahorros te alcanzan.

Don Jorge estaba asustado, pues tampoco había dicho que no sabía tocar la guitarra ni mucho menos esperaba cargar con un cascabel de serpiente venenosa para tocar la guitarra, pero la seriedad del tendero le hizo confiar en su palabra. En el fondo, todo le parecía extraño, así que se puso cada vez más nervioso. Pero tío Edgardo estaba metido en la venta sin prestar atención a la palidez del rostro de su cliente.

—¡A veeer! Necesitas este pequeño artefacto para que no estés lastimando tus uñas. También requieres algo que sostenga la guitarra mientras tocas de pie—. Abrió un cajón y sacó un cordón para sujetar el instrumento en su cuello, luego dijo—Aquí está el talín, tengo de nailon y de cuero. ¿Cuál quieres? Piénsalo, mientras aquí tienes un afinador para que toques las notas correctas. Mira, trovadores sobran en este mundo de enamorados, pero los afinados son muy pocos—. Bajó la mano y la dirigió hacia otro cajón, sacó otro artefacto— Este es un capotraste, sirve para que puedas hacer más agudo el sonido de la guitarra cuando ya seas un experto y aprendas a cantar mejor.

Guardó un breve momento de silencio incómodo, luego remató con la siguiente frase:

—Digo, no es que cantes mal, pero puedes cantar mejor, se ve en tus cuerdas vocales. Otra cosa, como estás aprendiendo, necesitarás unas cuerdas de repuesto para la guitarra, porque vas a romper muchas, aquí las tienes y, permíteme, lo voy anotando. Ya casi terminamos. Agrego un tirahule o resortera, como le decía mi primo, y una bolsita de piedras pequeñas —terminó contundentemente el tío Edgardo, mientras tomaba en sus manos una pluma negra y anotaba todos los costos para hacer la suma final.

—¿Tirahule y piedras? —preguntó don Jorge.

—Pero claro, mi estimado trovador principiante, toda persona que lleva serenatas lo necesita para defenderse de los perros que los quieren corretear —soltó la carcajada don Edgardo.

—Yo sólo quiero llevarle serenata a mi esposa.

—Ya sé, pero uno nunca sabe y siempre debes de estar preparado.

—Usted sabe demasiadas cosas, así que dígame.

—Mi oficio cosiste en ser un humilde tendero, no soy adivino profesional, para eso está mi cuñada Mimí, vive unas cuadras más adelante. Ella descifra el futuro de manera más certera, yo sólo conozco el presente. Mi estimado trovador, te sorprenderías mucho si llegaras a descubrir todo lo que sé. Por ejemplo, sé que te costará trabajo aprender, sin que te descubra tu esposa antes del aniversario, también sé que ahora me debes $105 por todo esto. ¿Quieres algo más? ¿Te doy una bolsa?

—No, es todo, que me dé una bolsa —dijo don Jorge y luego salió de la tienda.

Este era el mundo cotidiano para mí, y cuando mis tíos me contaban esas historias creía que era lo más natural del mundo tener un tío tendero acusado popularmente de ser un jwáay poop que se convertía en un gran ave para surtir su amplia bodega. Me gustaba pensar que eso era normal, pues lo era, incluso cuando descubrí que su amplia bodega apenas era un cuarto pequeño de donde no cabía más que la compra del mismo día, pero de donde salía cualquier requerimiento de la clientela. Años más tarde, tomé el valor y le pregunté de frente si era cierto lo que recordaba, sumado a lo que aún cuentan los antiguos habitantes de estas tierras. Él sólo sonrió y dijo:

—Hijo, es pura gente mal intensionada que inventa cosas para distraerse, ya ves, no hay mucho qué hacer por estos lugares. Pero ten la certeza de que la verdad quizá sea aún más interesante que esos cuentos de barrio contados por los chismosos.

***

**Nota geográfica**

Hasta hace unos años, aún se abría la tienda de mi tío. Siempre vendía de todo, cuando digo eso me refiero a realmente de todo. Él solía estar en su tienda o descansando. Hasta el día de hoy es sonriente y piadoso. Actualmente tiene escoliosis y camina algo encorvado, quizá el peso de las cajas que cargaba en sus vuelos místicos le fue afectando a lo largo de los años. No le gustan las historias que cuentan acerca de los eventos misterios en su tienda, pues los considera poco adecuado por su apostolado como ministro de comunión, este fue el motivo por el cual dudé mucho en escribir su historia, hasta el momento, carezco de su autorización para escribirla, así que si lo conoce o lo ve, por favor, evite mencionar este cuento. Aún hoy en día la gente lo busca para intentar conseguir ungüentos, artefactos o cualquier cosa. La imagen de *la tienda que lo tiene todo* ronda fuertemente en la memoria de quienes caminamos estas tierras, sin embargo está cerrada.

Ahora, miro a mi tío caminar encorvado, sé que aún guarda muchos secretos y me retuerzo en mis adentros por la imposibilidad de conocerlos. ¿Cuántas cosas habrá visto en sus vuelos místicos? ¿A qué lugares debió haber llegado para encontrar lo que le pedían? ¿Cuántas historias guarda en su tienda? Desde la muerte de su esposa, mi tío vive en la ciudad de Mérida junto con su hija. Su tienda ha cerrado totalmente. Ahora paso por allí cuando vengo del trabajo. Me desprecio por no haberme dado tiempo para escucharlo y dedicarle un libro completo de cuentos donde los protagonistas sean él y el amor su vida, mi tía Mimí. Las emociones son fuertes, y cada vez que paso al frente de la tienda, regresa ese olor a yogur y gelatina de fresa. Quizá moriré aún con esa emoción que activa mis papilas gustativas.

La tienda de mi tío está ubicada en la calle 55, creo que en el número 405, entre las calles 50 y 52. Puede escanear el Código QR para encontrar la dirección exacta.

De nuevo le pido un favor: si lo conoce, no le diga que he escrito este cuento con lujo de detalles, pues ignoro si él lo autorizaría.

## El jok' y los desafíos de Baltazar

Era las tres de la madrugada. Edgardo Serrano suspiró y recordó la hora de la misericoria, la cual había olvidado en el día. Decidió reponerla; se dispuso a hacer oración, según lo marcado por la fe católica, y así evitar perder su lugar en el cielo. Unió las manos, aprovechando que no había clientes y comenzó a susurrar sus plegarias. Al terminar, recordó que estaba parado en el mostrador de su tienda leyendo el periódico del día siguiente, el cual tenía disponible, incluso, antes que llegara a otros estableciento de la Tierra del Tapir.

    Lo cerró abruptamente antes de llegar a la última página. Miró por completo su motrador, como intentanto encontrar algo, al no hallarlo, entró un momento a la bodega infinita, entonces salió con unos aceites entre sus manos, algunas hojas secas, inciensos y un poco de alcohol, donde tenía remojada unas ramas de ruda desde la luna llena anterior. Los metió en un sabucán de sosquil, una bolsa hecha de fibras naturales de henequén. Tomó un lápiz y una hoja para hacer las cuentas, justo cuando estaba terminando la suma, entró Baltazar, un médico tradicional despertado de un sólo grito por unos pobladores con un niño en brazos al que no lograban curar. Fue tan repentina la manera en que brincó de su hamaca, que todavía ignoraba si estaba en la realidad o era parte de un sueño. El niño estaba hirviendo en fiebre, era la tercera vez que atendía a esa criatura en sus nueve meses de vida. Los médicos estudiadados habían pretendido curarlo, pero todos sus intentos fueron fallidos, así que cansados y sin alguna respuesta favorable, recurrieron al jmen Baltazar para salvar a su enfermo. Al entrar a la tienda, don Edgardo lo mira y extiende la bolsa que había separado. Son $25.00, más lo que le quiera regalar al tendero nocturno. Baltazar, asombrado, toma la bolsa en sus manos y comienza a revisar para verificar si tenía todo lo necesitado.

—¿Cómo supiste que venía y lo que te iba a pedir? ¡Cada día eres más certero, mi estimado Edgardo! Pareces más adivino que tendero del pueblo.

—Es luna llena, ya escuché a ese caballo que ronda por estos lugares en las noches, ya algunos enfermos han venido a verme porque se han cansado de los médicos quienes les cobran pero no sanan, sus estudios son insufientes para curar estas cosas —contestó el tendero.

—Edgardo, por favor, tú no escuchaste nada. Seamos sinceros, viste a ese caballo drurante tus vuelo nocturnos— le increpaba el médico tradicional. Edgardo lo miró, sonrió, bostesó y luego abrió su grandes ojos azules—. No se te va una sola cosa, más que curandero, pareces adivino. Pero fallaste, sabes que de noche evito hacer vuelos, tengo un negocio para atender y darle de comer a mi familia. Dime, ¿le atiné a todo lo que necesitas?

—Para nada, te hizo falta una botella de miel de folores de bejuco, esa miel oscura que no se azucara y que tienes envasado en la botellas de ron cubano, de esas traídas por los borrachitos.

—¿Miel?— preguntó Edgardo mientras fruncía el seño— ¿Con eso vas a sanar al niño? ¡Esto es nuevo!

—No, Edgardo, ahora tú has fallado. La miel es para que yo desyune. Ya tengo lista la yuca y los camotes que desenterré del pib ayer, sólo me faltaba la miel. Quitar los malos viento nocturnos me da mucha hambre.

Ambos estaban muy preocupados por el caballo que estaba causando destrozos, a su paso dejaba una estela que enfermaba a la gente y animales, mataba perros, pavos, gallinas e, incluso, otros caballos. Don Edgardo había recibido a varios jmenes quienes atendían a los enfermos, cuyo único pecado era ser habitantes comunes en las calles transitadas por ese espanto equino. Los síntomas eran siempre los mismos: fibres inexplicables cuyo tratamiento era desconocido por los médicos universitarios locales y llevaba a la muerte a los infantes o adultos, quienes no eran tratados por los herbolarios cercanos.

Baltazar no era el único jmen tradicional que compraba en la tienda de Edgardo por las noches, sin embargo, sí era el más sagaz de todos y quien platicaba más con el tendero extraordinario, entre ellos, casi no podían ocultarse las cosas, compartían artes sanadores, premoniciones y visiones muy certeras. Se conocían sus secretos y se apoyaban para hacer frente a los padecimientos de las personas del pueblo. Entre ellos había un fuerte respeto por los dones que cada uno cultivaba.

Aprovechando el tiempo, Edgardo explicaba que había visto ese caballo descomunal venir desde los caminos de X-Uenkal, pero que no tenía la certeza de dónde estaba durante el día. Marcelina, una partera que vivía en las cercanías, lo había escuchado entrar a tomar agua en el jok', un cenote que quedaba justo sobre la calle 55 en interscción con la calle 54 y cerca de su casa. Ella misma había estado preparando infusiones de ruda con sábila u otros preparados secretos para esparcirlos en toda la fachada de su casa y, así, evitar el desenlase trágico de los decesos por mal aire. Sus compras eran muy puntuales, justamente dos días previos a la luna llena para dejar protegida su vivienda, de lo contrario, sus conjuros no tendrían el efecto de protección esperado.

—¿Marcelina por qué no ha tomado cartas en el asunto? Si es bien sabido lo de sus habilidades, ya ves, hasta selló la ceiba y ahuyentó a Xtabay en las cercanías de su casa. Es una mujer con agallas, si yo estuviera pariendo, sin duda alguna iba con ella por su ayuda —dijo Baltazar.

—Ella prefiere dedicarse a lo suyo: los alumbramientos y enfermedades de mujeres. Estos espantos no son de su interés, eso me ha comentado. Considera que mientras no se metan con ella y los suyos, no estará buscando más problemas —contestó Edgardo.

Baltazar se retiró a su casa para curar al bebé, sin embargo, en esa ocasión fue imposble salvarlo, pero estaba tranquilo, pues había advertido seríamente a sus padres acerca de la necesidad de cambiarse de casa, a una parcela de tierra que estaba fuera de los caminos del caballo siniestro, de lo contrario, el niño terminaría falleciendo por cargar tantas veces el mal aire. Su experiencia le indicaba que ya estaba muy débil, hasta había sentido desprenderse momentáneamente su alma del cuerpo en la ocasión anterior, por lo que consideraba que no aguantaría una vez más. La familia completa abandonó su hogar y se pasó a vivir a los terrenos de sus suegros, los cuales estaban alejados de los andares del caballo maligno, pero ya era demasiado tarde, pues el tsíimin, como era llamado en lengua maya, había cobrado la vida del hijo menor.

La historia entre los pobladores era bastante conocida y tenía temporadas en las cuales los avistamientos eran más comunes, sin embargo, eran impredecibles, de tal modo que el poblado sólo se mantenía a la espera de una nueva aparición y continuaba el sufrimiento por los estragos de ese nocturno ser endemoniado. El pueblo se estaba cansando de perder a sus animales y padecer las fibres sobrenaturales dejadas por aquel animal. Incluso, Marcelina ya estaba investigando cómo alejarlo, pero no importaban las plantas utilizadas, el animal regresaba a beber puntualmente alrededor de la una de la mañana, haciendo ruido y trayendo enfermedad a los que estuvieran en sus caminos.

El esposo de Marcelina había perdido todo un rebaño de siete carneras con sus crías, un día que por descuido las dejó cerca de donde pasaba el caballo, pero así como ellos, eran muchos quienes lo escuchaban, se enfermaban, perdían animales y, en ocasiones, familiares por la presencia de ese ser nocturno. El pueblo se estaba cansando, pero nadie estaba dispuesto a afrontar el problema.

En una ocasión, sin previo aviso, en la luna nueva de agosto ese animal salió y comenzó a recorrer todo el pueblo, como si estuviera desbocado, las casas de paja y madera se sacudían al ritmo del galope del animal, primero los perros comenzaban a aullar, luego se escondían, pero cuando se acercaban a la casa, con frecuencia morían de un infarto o ahogados por el paso del caballo. Si por desgracia se topaba con otro animal de su especie o con algún bovino, lo destrozaba y dejaba su cadaver inservible en los corrales, los cuales no eran consumidos ni por las aves de rapiña.

A la mañana siguiente, los consultorios de los médicos diplomados y las casas de los médicos tradicionales estaban saturadas de personas que habían cargado el mal aire. Las fiebres y el temblor incontrolable eran el común entre los pobladores afectados. Don Edgardo agotó sus reservas de aceites consumidos por los herbolarios y tenía que hacer viajes extraordinarios para salvar a todos los afectados. Los doctores del hospital los dignosticaban con dengue o paludismo, según les pareciera más elegante, sin embargo, lo médicos tradicionales eran más ágiles al reconocer la presencia del mal aire, los curaban con rapidez usando plantas, aceites y conjuros especiales. Ellos, como muchos del pueblo, todavía reconocían las enfermedades de orígenes sobrenaturales y sabían cómo atenderlas.

Tardaron dos días con sus noches en controlar a los afectados. Baltazar estaba exhausto de soplar el incenso y moler con sus propias manos las planta medicinales. Por su parte, don Edgardo también quedó exhausto, en dos días tuvo que hacer varios vuelos porque se agotaban rápidamente sus reservas. Era la primera vez que el pueblo se había desbordado de personas enfermas por el mal aire. Eso preocupó a los ancianos que no podían recordar algún suceso igual en la historia reciente. Con las alertas levantadas de boca en boca por los barrios de la pequeña Tierra del Tapir, los pobladores comenzaron a pedir la intevención de los jmenes más hábiles en estos menesteres para detener dichos sucesos. Sin embargo, muchos se negaban a tomar en sus manos ese reto. Algunos curanderos charlatanes decidieron abandonar el pueblo porque temían ser descubiertos.

 Finalmente, unos ancianos tomaron en sus manos el tema. Comenzaron su propio vía crucis, de estación en estación, hasta lograr la redención del pueblo. Primero, fueron con el sacerdote católico, él les explicó que el demonio estaba suelto y no podía hacer mucho, pero le iba a solicitar al arzobispo la presencia de algún exorsista autorizado para hacer frente a esta calamidad. Se comprometió a ofrecer misas, implorando la protección de la ciudad y sus pobladores. Descontentos con lo prometido y sin saber el camino a seguir, fueron visitaron a Marcelina, la célebre mujer de los partos, quien había enfrentado a Xtabay exitosamente y había trabajado para mantener lejos al caballo de piedra de los suyos, pues cerca de su casa pasaba con frecuencia. Fueron a golpear la puerta de su casa un martes por la mañana. Al llegar, la vieron salir con un niño en brazos, lo estaba envolviendo en pañales. Ella cuando levantó la mirada vio a los ancianos en la puerta de su casa, se sorprendió y preguntó:

—¿Quién de ustedes va a dar a luz? —mientras se limpaba las manos.

—Marcelina, sabemos que has estado ahuyentando a esos espantos nocturnos, vinimos a ver si puedes hacer algo con el caballo que aparece por las noches. Nos han contado que has evitado su cercanía a tu terreno cuando viene a tomar agua al jok'.

—Yo soy partera, sanadora, esos seres no son algo que quisiera enfrentar. Son extremadamente peligrosos. Deben encontrar a varios jmenes dispuestos a jugarse la vida para lograrlo. Lo lamento ¡No les voy a ayudar! Mi labor es ayudar a dar a luz, no enfentar la oscuridad de la que me hablan, además, deben de ser puros varones quienes hagan esos trabajos, la mujeres estamos para cosas más nobles como procurar la vida. Vayan con don Edgardo, él conoce a la mayoría de los jmenes porque allí les vende lo que utilizan para sus labores. Sola, jamás me enfrentaría a ese caballo —dijo mirándolos fijamente y dejando ver el miedo a través de su ojos.

Los ancianos se retiraron. Tuvieron que esperar hasta la noche cuando abriera don Edgardo. Se reunieron a las once de la noche en el parque principal, con todo tipo de medallas, rosarios y amuletos, esperando que el mismo caballo no les fuera a tomar de sorpresa y teminaran muertos. Esperaron la clásica llovizna que avisa la llegada de don Edgardo, así que comenzaron a caminar como en procesión patronal, con sus velas en las manos. Algunos también llevaban un incensario donde estaban quemando canela, ruda seca e incienso para espantar a las malas vibras por el temor exacervado de esos días.

Desde lejos, vieron cómo abría la puerta el tendero místico y cómo sacaba unas sillas para sus clientes en espera. Por su parte, don Edgardo de reojo los miró venir a lo lejos, al principio pensó que eran ánimas en pena que estaban rondando por la noche, pero luego se percató de que aquellos aún estaban vivos, entonces se dispuso a ponerse detrás de su mostrador.

Cuando llegaron, se negaban a entrar a la tienda. Pero él les invitó a entrar en tres ocasiones seguidas y les ofrecía cosas para curar los males que ellos mismos ignoraban por falta de dignósticos certeros. Uno de ellos tomó la palabra.

—Don Edgardo, vinimos por el caballo nocturno, ya estamos cansados de sus desatres y algunas familias han perdido a sus pariente por el mal aire que lo acompaña, ya estamos desperados.

—Carezco de remedios para ese animal. Mis productos son insumos para sanadores, no armas de lucha contra el mal. Entiendo que el padre ya está haciendo misas para pedir por la protección del pueblo y espera la respuesta del obizpo.

—Sí, pero usted conoce a todos los jmenes de estas tierras y las cercanas, son sus clientes. Usted puede decirnos a quiénes acudir. Don Edgardo los miró y dijo:

—Son mis clientes, pero ignoro dónde viven todos ellos —hizo un silencio breve, tomó aire y continuó—. Hay uno muy bueno que está aquí cerca, caminando sobre la calle 55, llegan al jok', siguen caminando, encontrarán una rejollada, la rodean y allí, detrás, se encuentra Baltazar, ha sanado a muchos afectados. A él le encanta meterse en esos problemas, él sacó unos aluxes abandonados de la casa de mi cuñada. El podrá ayudarlos. Incluso, ya les está esperando porque ayer vino a comprar, ya sabía que irían a verlo.

Don Edgardo sabía que Baltazar aceptaría, porque era un hombre con un especial gusto por los retos, se dirigía con cabalidad en sus oficios de sanador, pero poseía el coraje para enfrentarse a todo aquello desafiante para sus dotes de sacerdote tradicional. En algún momento, había confirmado los sumores de que recibía mensajes del inframundo y los cielos cuando tocaba las ceibas o mientras miraba las aguas cristalinas de los cenotes, ellas le dictaban los conjuros necesarios para sanar las dolencias. Esta comunicación con lo sobrenatural le daba la tranquilidad de enfrentarse a cualquier mal aire, pues tenía la certeza que cuando llegue su momento de morir, recibiría el aviso a tiempo para dejar todo listo.

La multitud se dirijió a casa de Baltazar, al llegar, se agruparon al frente de su casa, le rogaron que tomara el asunto en sus manos, pues ya no sabían qué hacer. Él los estaba esperando en la puerta de su casa, con una jícara de atole en la mano. Los escuchaba atento, el aire a su alrededor estaba tenso y dificultaba la respiración de algunos presentes. Los asistentes tomaban turnos para contar lo males que habían recibido por la últimas apariciones, mientras tanto, Baltazar bebía a sorbos el atole de su jícara, por primera vez parecía evitar este problema, pues no mostraba signos de querer intervenir.

Despúes de escuchar a todos, pidió tres días para que pudiera consultar, revisar y repetir plegarias olvidadas antes de decidir cómo debía proceder. La gente se retiró con la tranquilidad de un enfermo que tiene un dignótico fatal, en sus corazones albergaban el temor de que rechace la encomienda como lo habían hecho otras personas célebres como Marcelina.

Al irse las personas, se dirigió al patio donde, al pie de la ceiba, primero levantó plegarias y luego guardó un profundo silencio con los ojos cerrados, el latir de su corazón iba disminuyendo como si su sangre quisiera transcurrir al ritmo de la savia de árbol. Era en ese tiempo semisuspendido donde era capaz de escuchar los mensajes de la bóveda celeste o del inframundo. Él se contactaba con distintos dioses, espíritus o ancestros, según las necesidad que tuviera, sabía que se enfrentaba a una fuerte batalla y quería escuchar el mensaje que necesitaba, a pesar de haber hecho la pregunta incorrecta.

En esta ocasión, fue Itzamná, el antiguo dios de la sabiduría, quien respondió a su llamado. Baltazar puso su mano izquierda sobre la ceiba para recibir mejor las indicaciones. Los mensajes no eran siempre claros, en ocasiones eran aforismo sobre los que trabajaba hasta entenderlos y los repetía miles de veces al día hasta que encontrara el sentido más adecuado para sus interrogantes.

Al caer la noche, salió de su trance frente a la ceiba. Se sentó en una roca cercana, cansado de la escucha mística. Tomó un fuerte suspiro y sintió que sus latidos regresaban a su ritmo normal. Miró a su alrededor y las primeras palabras que dijo fueron:

—Aquí está mi jícara vacía. Necesito un poco más de atole.

Caminó hacia su casa como si fuera un anciano cansado de la vida, allí comió algo y decidió ir a comprar con Edgardo algo para reponerse. Tomó una bolsa de sosquil que colgaba de su hombro y caminó hasta la tienda. Al llegar, encontró al tendero envolviendo algún encargo que la habían hecho. Cuando entró, se miraron en silencio un momento. Don Edgardo le extendió unos caramelos de miel natural.

—Tienes la cara de un guerrero derrotado, y aún no comienza la batalla. Come unos de estos para que recuperes el aliento ¿Dónde estuviste toda la tarde? Dime, ¿que nuevas me traes? —preguntó Edgardo.

—Tú me mandaste a esa turba de desperados. Así que no hay noticias nuevas. Pedí tres días para pensarlo y encontrar respuestas, pero no siempre son fáciles de entender. Sé que has visto a ese animal, ¿dónde se esconde en el día? Dime.

—No es un humano que se transforma, no es un jwaay, es algo diferente. Al amanecer pasa de ser un caballo a una piedra que está por el pueblo de X-Uenkal. Algunos pobladores me han dicho que ven esa piedra que cambia de lugar cada día cuando pasan por allí. Ignoro de dónde viene o quién lo conjuró trayéndolo a la vida. Baltazar, ¿para qué necesitas un animal de esos? ¡Cuánta maldad hay en las personas!

—Yo he conjurado aluxes para cuidar algunos terrenos. Esos los hacemos de barro, comenzamos el trabajo desde antes de darle forma. Pero una piedra en caballo, eso sí es nuevo. Por eso escuchaba la frase *de la carne a roca*, cuando estaba consultanto a la ceiba —contestó Baltazar.

¿Qué harás? Desgraciamente, en esta tienda creo que tengo de todo, excepto algo que pueda ayudarte —dijo mientras señalaba todo su espacio con los dedos.

—Si queremos enfrentar a este animal, necesito al menos tres sanadores locos como yo, pues hay que estar fuera de los cabales para aceptar esta encomienda. ¿Sabes?, he meditado el problema, debe haber uno por cada punto cardinal —tomó aire profundamente y concluyó—. Para aprisionarlo tenemos que amarrarlo desde los vientos de norte a sur y de oriente al poniente, ningún espacio libre debe tener esta criatura o se escapará.

—¿Buscarás otros compañeros?

—¡No! Ellos vendrán a mí. Por eso vine a tu tienda, esta noche llegarán aquí mismo quienes me ayudarán. Ignoro quiénes son. Ellos tampoco lo saben, pero aquí vendrán.

Continuaron platicando de historias extraordinarias. Entonces, justo a las media noche, llegó José Isabel a comprar algo de incienso para saumar su casa, la cual cargó parte del mal aire de su última curación. Baltazar se sentó en la puerta a esperar que terminase de comprar, en ese momento llegaron Lorenzo y Vicario, otros sanadores locales quines también iban a comprar sus insumos agotados. Fue allí donde los reclutó Baltazar. Edgardo sacó unas sillas y las colocó en círculo, así se celebró la primera y única reunión sagrada de jmenes de la que se tenga noticia desde los tiempos de las grandes pirámides mayas.

Discutieron mucho de los conjuros, uno de ellos llevaba piedras que consideraba sagradas, dibujó un cuadrado en el piso y tiró las piedras con la esperanza de que le diera luz a las interrogantes, pero sus intentos fueron vanos. Para ellos, era importante su procedencia, querían saber quién o cómo fue invocado ese caballo maligno, pero ninguna de sus artes disponibles les dieron indicios que repondieran sus interrogantes. Edgardo escuchaba la plática sin intervenir.

Después de discutir un buen rato, tomaron la decisión de espiar a ese animal hasta que revele dónde descansa en el día. Se dirigieron a X-Uenkal, allí hicieron guardia en la madrugada. Vieron de lejos llegar al caballo y convertirse en una gran roca al primer rayo del sol. Al amanecer, cada uno fue a su respectiva casa, prepararon cuatro cuerdas, cada uno de ellos trabajó la suya para que sean capaces de contener las fuerzas procedentes de un punto cardinal.

Baltazar preparó la cuerda del norte, llamada xaman; José Isabel, la correspondiente al noojol, el sur; Lorenzo, la del oriente o lak'in y, finalmente, Vicario, la cuerda chik'in, del oeste. Se tomaron tres días en prepararlas. Al amanecer del tercer día, montaron guardia para saber dónde descansaría ese animal al convertirse en piedra. Lo amarraron en su forma petrificada con la cuerdas preparadas, mientras conjuraban en voz alta, clavaron estacas en el suelo, luego la sujetaron con las cuerdas sosteniendo la esperanza de que en la noche pudieran someter a ese animal para deshacerse de él.

Se retiraron a sus casas para descansar, pues por la noche tendrían una larga batalla. Al atardecer, regresaron al sitio, a una distancia prudente observaban. Al aparecer la primera estrella, comenzó la transformación, como cualquier otro ser vivo, levantó primero la cabeza, sintiendo la sogas en todo su cuerpo, intentó liberarse, tensándolas, ellas crujían y cuando se tensaban, se miraba en el cielo relámpagos en cada patada o estirón del animal descomunal. Las estacas que lo sujetaban comenzaron a ceder, hasta que finalmente la cuerda del oriente se reventó y de dos brincos terminó por liberarse. La primera estrategia había fallado. Derrotados, se sentaron en medio de aquel lugar, se miraban sin saber qué decir. Baltazar, tomó la palabra:

—Es imposible aprisionar a ese animal. Tres noches de trabajo y se liberó en tres patadas. Esto no va a funcionar —en ese momento, de nuevo le vino la frase a la memoria *de la carne a la roca*, la cual le había susurrado Itzamná desde la ceiba.

Los cuatro jmenes sabían que se estaban jugando sus propios prestigios como sabios sanadores. Eran conscientes de su responsabilidad y el cuidado de la ciudad, pero también, ante sus ojos veían cómo sus conjuros más potentes fueron fácilmente destrozados.

—Se fracasó al evitar que se convierta en caballo, vamos a convertirlo en piedra, vamos envenenarlo en el jok', donde toma agua y molesta a Marcelina —sugirió Lorenzo.

—Yo ignoro cómo converir a seres vivos en piedra— comentó José Isabel.

—Pues tenemos que conjurarlo y también degollarlo, así dejará de trasmutar. Esperemos dos días, así la luna nueva permitirá que nuestras artes tengan más fuerza. Prepárense, compañeros, porque una batalla interesante nos espera —sentenció Baltazar.

Por la mañana acudieron al jok', allí rastrearon sus huellas caminando al rededor, para elegir el lugar indicado. Entraron por la casa de Marcelina y ella les indicó dónde escuchaba a ese animal cuando iba a saciar su sed o bañarse. Ella no se explicaba cómo es que los otros animales y humanos no enfermaban al tomar agua del mismo sitio. Desde el comienzo de las apariciones sólo usaba el agua del pozo público, a pesar de ello, no había escuchado de algún enfermo por beber del jok'.

Decidieron rodear de poniente a oriente, pasando por el sur, y fueron encontrando todo tipo de rastros de seres extraños. comprendieron que el caballo no era el único ser enigmático visitante de aquel sitio. José Isabel se detuvo de repente frente a un montón de hojas secas. Tomó un bastón e hizo a un lado algunas, dejando en descubierto las huellas de un gran cerdo.

—Miren, esto parece un cerdo, pero es un jwaay kekén, un humano transformado en cerdo —se incó y tocó el piso con al punta de sus dedos, luego preguntó—. ¿Sienten la pesadumbre de su caminar? —dijo mientras encerraba con círculos de sal esas huellas.

—No te distraigas, otro dia cazamos jwaayes, ahora hay que concentrarnos —concluyó Lorenzo.

Continuaron caminando alrededor, y justo en el sitio indicado por Marcelina, encontraron los rastros del caballo, sus pisadas parecían frescas, habían algunos pelajes de su cola atorados en la ramas y el ambiente se hacía denso. Se observaba que ni siquiera los pájaros se acercaban a ese sitio. Los cuatro guardaron silencio, se miraron y supieron que allí iba ser el lugar donde envenenarían al caballo. Luego se retiraron para preparar aquello que necesitarían. Se tomaron un par de días para estar preparados. Se dieron cita para el jueves en la tarde, haciendo el amanecer del viernes el momento oportuno para su cometido.

El jueves se citaron en el patio de Marcelina antes de dirigirse al jok'. Al estar completos, caminaron hacia el sitio, se posicionaron con dirección a los cuatro puntos cardinales, metieron la mano en sus morrales y cada uno sacó un pañuelo negro, el cual amarró en la mano derecha para no arruinar el conjuro, sabían que todo tenía que ser hecho con sus manos izquierdas. Tenían que neutralizar sus manos derechas y habían trabajado esos pañuelos especialmente para ello. Comenzaron a sacar ditintos elementos de sus morrales, dando comienzo a su ritual:

—Xaman, el norte, de allí traigo los inciensos combinados con hierbas extraídas de los montes cercanos, han sido maceradas, secadas y combinadas con el incienso para corroer los pulmones de ese animal, así no podrá correr sin cansarse, sin sentir el peso de todos los difuntos que ha provocado, las enfermedades y el dolor de las madres que han perdido a sus hijos.

Baltazar puso el incensario en el suelo y lo encendió con su mano izquierda, el humo que emanaba era negro, se esparcía y parecía asentarse sobre el agua circundante, con esto conjuró el aire.

—Chik'in, del poniente, donde se oculta el sol, y terminan las historias y comienza la noche, allí las esperanzas terminan cuando comienza la oscuridad, de allí traigo estas flores cuyos aromas sólo se sienten cuado ya no hay luz ni esperanza. Sea este el medio para hacer pesado cada uno de los pasos de ese caballo, que pierda la ligereza al caminar y deje de correr con libertad —sentenció Lorenzo, dejando caer el contenido de una jícara en las aguas del jok', envenenando así las aguas.

—Noojol, el sur, en este puño traigo la tierra del cementerio y las tumbas, allí donde la vida se acaba y se descomponen los sueños, donde se entra al Xibalbá, el reino de Ah Puch, dios de la muerte, quien sella el destino cuando finaliza la vida. Traigo esta tierra desde sus territorios para carcomer esa vida nocturna de la que goza ese caballo. Que las tierras a sus pies le impidan volver a la vida y una vez con Ah Puch, con él se quede —sentenció José Isabel, mientras dejaba caer esa tierra a las orillas de jok', con eso se envenenó la tierra. En ese momento hubo un leve crujir, sacudiendo el suelo circundante.

—Lak'in, el oriente, donde renace el sol cada mañana. Con las cenizas de estas velas de luna llena y las sogas de los cuatro puntos cardinales, aprisiono el renacer. Con esto rompo el ciclo del renacer. Este caballo que renace cada mañana dejará de ver la vida, dejará de estar corriendo, será roca nocturna, carbón consumido por el fuego, nunca más una de sus pisadas volverá a tocar estas tierras sagradas —sentenció Vicario, mientras quemaba y removía con la mano izquierda unas sogas, restos de velas y los convertía en cenizas. Con este ritual cojuraron el fuego y, con ello, eliminaban el ciclo vital de ese caballo.

Al consumirse el fuego realizado por Vicario, sopló un gran viento desde los cuatro puntos cardinales, alrededor se arremolinaron los jmenes. Se mantuvieron firmes, de pie, cubriendo sus rostros y nariz. A sus espaldas se sentía la fuerte corriente de aire, pero al interior del círculo no había tempestad. Fueron nueve vueltas a la derecha y nueva a la izquierda que recorrió ese extraño remolino, que desapareció después y se llevó toda la neblina que habían hecho los inciensos de Baltazar.

Marcelina lo observó todo desde su casa. Al disiparse el remolino, los vio venir hacia ella con la intensión de caminar hacia sus propias casas, pero se acercaron a la casa de la partera para tomar un breve descanso.

—Pobres de aquellos que quieran enfrentarse a ustedes cuando están juntos. Han envenenado todo el cenote. Nunca vi o supe de algo similar en otro sitio. Quizá ni mi padre o abuelo pudieron haber hecho algo como esto. Tomen asiento, les tengo un poco de pinole para que tomen fuerzas —dijo Marcelina.

—Sólo tenemos que esperar esta noche y veremos qué ocurre. Nunca hemos hecho algo como esto, Marcelina. La verdad es que nos estamos cansando de estas cosas. No creas que termina aquí, cada uno de nosotros irá a sus casas a orar toda la noche. No es una lucha cuerpo a cuerpo, sino un combate espiritual —contestó Baltazar.

Los cuatro jmenes se retiraron, sabiendo que aún estaban por enfrentar la noche más larga y agotadora de sus vidas. Vicario lamentó en sus adentros haber elegido ese oficio, pero recordó las palabras de su abuelo:

—Tú no eliges este camino, el camino te elige a ti. Sin importar tus decisiones, hubieras terminado aquí de cualquier manera —suspiró y se despidió.

Eran las seis de la tarde, los jmenes llegaron a sus casas y prepararon en el centro unos cuadrados perfectos con los elementos de cada punto cardinal que sostendrían firmeza en sus batallas. Tomaron un poco de atole y comieron tortillas hechas a mano. Al irse el último rayo del sol, se posicionaron en su punto cardinal y comenzaron a orar en maya antiguo. Cada determinado momento repetían los conjuros hechos en el jok'.

Ese día el viento tenía comportamientos herráticos, incluso provocó que don Edgardo no alzara el vuelo y cerrara su tienda, pues sabía que era una noche de fuertes batallas entre lo natural y lo sobrenatural. Él, como católico, comenzó un rosario extendido con los doce misterios bajo las estrictas normas de la fe cristiana. Mientras tanto, los cuatro jmenes invocaban en sus religiones antiguas, tachadas popularmente como paganas. Se sentía una noche especial, en el que ni los animales nocturnos salieron como de costumbre, las lechuzas guardaron total silencio, sabían el peligro de levantar el vuelo en un ambiente tan cargado y pesado.

A pesar de ello, el caballo puntualmente comenzó su transmutación. Fue más lento de lo habitual, pero eso le ocurría desde la primera intervención de los jmenes. Al incorporarse, comenzó a recorrer las calles cercanas, dejando enfermos y matando animales, como de costumbre, sin embargo, todo transcurría más lento. Se dirigía a tomar agua como cada noche, pero se detuvo a matar al caballo de Eusebia, el cual se había salido del corral y tuvo la desgracia de estar en el lugar menos indicado. Eusebia escuchó, pero se mantuvo sentada en su hamaca con una profunda impotencia, pues si salía, terminaría muerta como su bestia de carga, a pesar de ello, prestó atención a todos los ruidos externos, escuchando hasta el último respiro de su animal.

El caballo continuó su camino, sacudiendo todas las casas a su paso. Corrió e hizo destrozos sobre la calle 63 a. Continuó su destrucción sobre la calle 54 a. Cansado de su recorrido, se aproximó al jok' ubicado sobre la calle 55 por 54 a. Comenzó a caminar lento, rodeó la casa de Marcelina e ingresó a los patios, aproximándose a su sitio habitual. Inclinó la cabeza para abrevar, pero al momento de tomar su primer sorbo, del agua comenzó salir la neblina de Baltazar, entonces, comenzó a hacerse fangosa y la tierra que pisaba se veía como cenizas con las últimas brasas encendidas.

La tierra, el aire y el viento estaban envenenando el cuerpo del caballo, quien comenzó a relinchar y pegar patadas al aire. Los jmenes, desde sus casas, se aferraban a sus oraciones mientras eran arrebatados bruscamente, intentando que salieran de su punto cardinal. Uno de ellos tuvo que incarse para continuar en su sitio. El último en hacer presencia fue Baltazar, con el aire conjurado. Las oraciones de los cuatro comenzaron a torturar al animal desde dentro. Finalmente, el viento se arremolinó, tal como lo fue al momento de envenenar el jok'. De los cuatro puntos cardinales comenzaron ráfagas que dieron nueve vueltas hacia la derecha y nueve hacia la izquierda, levantando todo tipo de polvo y hojas. La tierra que se levantaba parecía incendiada, quemó la piel del caballo al tocarlo. Al terminar la ventisca, aparentemente el caballo estaba sufriendo de dolor, así que comenzó su camino de regreso, relinchaba y se sacudía con violencia para deshacerse de aquello que le provocaba dolor. Algunos dicen que parte de su cuerpo se caía petrificado, como si estuviera convirtiéndose poco a poco en piedra.

La jmenes, por su parte, eran arremetidos con fuerza porque estaban conteniendo al animal desde los cuatro puntos cardinales y a través de los elementos conjurados. Únicamente se les veía fuertemente sacudidos, pero nunca abandonaban su lugar ni sus plegarias. Edgardo se mantuvo en rosario toda la noche y escuchaba claramente muchos de los ruidos causados por aquel evento, oraba para salvaguardar a los sanadores involucrados, pues era consciente de lo arriesgado de su cometido.

El caballo llegó a X-Uencal y allí transmutó de nuevo en piedra. Justo en ese momento, los jmenes fueron aventados de los cuadros en los que estaban orando desde sus propias casas y supieron acerca de la petrificación total del caballo. Cargaron sus morrales y se dirigieron a ese punto, al llegar, encontraron la piedra, pero en esta ocasión estaba dañada por los conjuros. Tomaron otras rocas cercanas y degollaron aquel animal. Baltazar sacó un puñado de sal conjurada y se lo colocó donde habían separado la cabeza del cuerpo, para que nunca más pudiera volverse a unir y adquiera vida nocturna. Como pudieron arrastraron la cabeza y la llevaron al jok', la tiraron al cenote y la vieron hundirse hasta el Xibalbá, dejando que Ah Puch reclame su tributo.

Mientras se hundía la cabeza en el cenote, el agua se volvió turbia y pantanosa, los animales habitantes se alejaron, los peces comenzaron a morir y las aguas cristalinas se tornaron como agua de cenote oscuro. Los pabladores no se quejaron, pues comprendieron los resultados de sus actos. El uso de tantas fuerzas sobrenaturales terminó cobrando la belleza del jok'. Hasta nuestros días, ese cenote parece estar muerto, y aunque aún tiene agua, pocos se atreven a beberla, pues corren el riesgo de cargar algún vestigio de todo le vertido en ella.

El caballo de piedra sólo quedó en la memoria de los antiguos pobladores, quienes contaban a los jóvenes lo vivido bajo ese suplicio. Los jmenes nunca volvieron a hablar del tema y continuaron sanando a las personas de otros males más cotidianos. Pero aún hoy, cuando paso por el jok', me llegan los tenues ecos de la lucha de los sanadores contra el ser sobrenatural.

\*\*\*

**Nota geográfica**

El caballo de pidera salía del poblado de X-Uenkal, el cual se escuentra ubicado al suroeste del la Tierra del Tapir. Para saber en dónde está esa ubicación, puede escanear el siguiente código QR:

El jok', por su parte, está ubicado en el centro de la Tierra del Tapir, en la actualidad está rodeado por las calles 55, 54, 53 y 52. Para saber la ubicación, puede escanear este código QR.

## El dueño del monte y la maldición del vagabundo

Cualquiera llega al altar para jurar amor eterno, pensando que, de allí en adelante, la vida se convertirá en dicha absoluta, como si eso estuviera escrito en los mismísimos mandamientos de las tablas de Moisés, forjadas con las fuerzas más poderosas del universo. Sin embargo, las cosas del amor son caminos intempestivos, los cuales no siempre terminan siendo venturosos para los que deciden navegarlo. A pesar de ello, en la Tierra del Tapir el cura local todavía proclamaba enfáticamente y en latín antiguo: *usque ad mortem eos separat. Deus eam unxit, homo non separet* (hasta que la muerte los separe, lo que ha unido Dios que no separe el hombre).

Esta sentencia se venía haciendo atinadamente desde tiempos remotos y sin ningún miedo a equivocarse, tal como lo enseñaban los maestros defensores de la férrea ortodoxia clerical y las misas en latín. De tal modo que era común escucharla en las misas de enlace matrimonial hechas a cabalidad desde la fundación de la iglesia de los Santos Reyes hasta los tiempos en los que Nando Serrano aún estaba lúcido. El cura fue responsable de unir los matrimonios más duraderos de la Tierra del Tapir, pero, desde que Nando Serrano enloqueció de melancolía incurable porque le rompieron el corazón, el sermón del padre era cada vez menos profético, pues a partir de ese momento la alianza pareció quedar irremediablemente rota. Desde aquella tarde en la que el amor conyugal le fue negado a Nando Serrano, los matrimonios comenzaron a ser inciertos, tenían muchos problemas para ser felizmente duraderos y se convertían paulatinamente en simples contratos indisolubles por las leyes morales de aquellos tiempos. Incluso, doña Damiana, fue víctima de esa maldición y le decía a su vecina de pláticas habituales:

—Estoy casada, vecina, sólo porque lo dice un xla' papel, mira que mi flamante marido vive como soltero desde el momento que salimos de la iglesia. Ese hombre el mismo día de nuestra boda se pegó una borrachera y comenzó a coquetear con Carmelita, ¿puedes creerlo? ¡Ese mismo día! Pero, ¿sabes? Es culpa de ese tal Nando Serrano, dicen que su desgracia de desamor también cubrió a todo este pueblo —decía doña Damiana, mientras movía enérgicamente su abanico y conversaba con las visitas cuando salía a tomar el fresco en las tardes calurosas de los abriles peninsulares.

Todos en aquel pueblo lo tenían muy claro, Nando Serrano fue encontrado a las tres de la tarde tras escuchar el estruendo de su corazón, el propio cura fue a santiguarlo y le puso los santos oleos al pensar que estaba muriendo, pero únicamente observó cómo la melancolía se apoderaba de su interior. Cuando el padre se retiró para celebrar la misa de matrimonio a las seis de la tarde, la novia no aceptó casarse en pleno altar, se puso de nuevo velo en la cara y salió caminando con lágrimas ante la mirada de padrinos y familiares. En ese momento el cura lo supo: ya ningún casamiento gozaría de las dichas de la felicidad.

El propio sacerdote lo informó a sus superiores, los cuales le solicitaron hacer penitencia por el pueblo completo. Le dijeron que debía ofrecer ayunos constantes por cada matrimonio infeliz, sobre todo, le pidieron que no se acobarde y que siga dando el sacramento matrimonial a todos los feligreses que lo solicitaran. Este hombre temeroso de Dios miraba con mucha fe cada unión frente el altar, mientras lo anotaba en las actas parroquiales. Sin embargo, los casamientos comenzaron a ocurrir por mera tradición, pues carecían de las mieles de aquellos tiempos antes de la tragedia de Nando Serrano. A pesar de ello, los pobladores todavía tenían la esperanza de que la cordura regresara al cuerpo de aquel vagabundo, y así los hogares recuperarían las glorias anteriores para vivir felices y en paz hasta que la muerte los separe. El sacerdote, mientras tanto, comenzó a hacer los ayunos solicitados, pero tuvo que suspenderlos, pues eran tantas desgracias matrimoniales ocurridas que se comenzó a desmayar durante las misas. El mismo doctor del pueblo lo revisó en varias ocasiones, hasta que reunió el valor para decirle:

—Padre, déjele estas cosas a san Antonio de Padua, él es el encargado de los matrimonios y las causas difíciles. Mejor hágale novenas y pídale el milagro. ¡Mire qué pálido ya se ve! Si continúa con los ayunos prolongados, este pueblo se quedará sin párroco, y que Dios se apiade de los feligreses que todavía quedan —regañó el doctor después de la séptima vez que tuvo que atenderlo en el altar, tras desplomarse en medio de plena misa dominical.

Estos eran los tiempos oscuros para aquel sagrado sacramento del matrimonio, algunos jóvenes vivían acobardados por aquella maldición. Los muchachos comenzaron a robarse a las señoritas por las noches y se iban sin cumplir la tradición de pedir la mano para llegar al altar por considerarlo maldito, de tal manera que se evite la condena ceñida en el poblado. De hecho, uno de los sobrinos de Nando Serrano llamado René, decidió unilateralmente jamás llegar al matrimonio para evitar las tragedias desatadas por su tío. Mi abuelo, el segundo varón de aquella familia, tampoco quería recibir la misma suerte de los matrimonios recientes, de tal modo que estuvo reflexionando mucho al respecto, mientras trabajaba como cantinero en frente del parque Benito Juárez. Una noche, al cerrar la cantina y dirigirse a su casa, mientras pasaba por la iglesia, le pareció escuchar que los Santos Reyes le dieron la respuesta, tuvo una idea para aludir la nefasta maldición de su tío. Se propuso traer a su esposa de Mérida, la capital del estado, que estaba lo suficientemente lejos como para ser influida por los pesares y malos vientos del pueblo lejano de la Tierra del Tapir.

Por su parte, mi abuela Mimi estaba totalmente ajena a estos acontecimientos, su vida trascurría muy distante a todas aquellas desventuras del pueblo. Ella era la cuarta hija de Lí Ching Woo, un médico tradicional chino y lavandero que, por escapar de la revolución comunista, terminó viviendo en la calle 60 de la ciudad de Mérida, en la Península de Yucatán. Mi abuela también era una hábil practicante de las artes adivinatorias gitanas, de tal modo que parecía ser inmune a cualquier maldición, así que venía felizmente a la Tierra del Tapir durante las festividades de los Reyes Magos, su itinerario estaba bien establecido: llegaba en el tren a la una de la tarde, visitaban a los patronos del pueblo y luego iba al baile de jarana que se celebraba esa noche, el cual siempre terminaba a las cinco de la madrugada, justo antes de que el tren saliera de regreso a la capital.

Mi abuela y sus hermanas venían a pedir favores para su vida cotidiana como salud y trabajo, el amor no estaba entre sus prioridades ni tampoco los matrimonios en el pueblo. Sin embargo, mi tía Mimí, la hermana de mi abuelo, al verla entrar al baile popular que se llevaba a cabo en las espaldas del exconvento, tuvo una de las revelaciones más importantes de su vida, se dio cuenta que ella iba ser su cuñada, era claro que esa chinita vestida de gala tenía que casarse con alguno de sus hermanos. Para ese momento, su hermano René ya había renunciado al amor, al ver los trágicos finales matrimoniales, decidió que el afortunado sería el segundo de sus hermanos, Herminio, el cantinero. Al final, si se casaba, quizá sirva para que se le alejen las malas mujeres que lo rondaban mientras trabajaba.

Mi abuelo era uno de los galanes más codiciados del poblado, también uno de los más trabajadores de la comunidad. A él lo educaron para trabajar y, en sus ratos libres, seguir trabajando. En esas tierras recientes no se podría ser guapo y adinerado a la vez, de tal manera que el abuelo tuvo que trabajar desde niño para reunir dinero y proveerse de lo más elemental.

Pero le llegó su noche, fue un cinco de enero de 1957, cuando su hermanita Mimí decidió tomarlo de la mano al ingresar al baile, con el cabello todavía húmedo de haberse bañado, llevaba ropa blanca, sin vestir de manera tradicional, los zapatos y cinturón eran negros, en la frente se acomodaba un rizo de su cabello para deslumbrar a las muchachas solteras.

Mi tía Mimí se acercó a él, verificó de un vistazo rápido, pero minucioso, que estuviera en condiciones suficientes de conocer a la chinita de su vida. Después de contar con la aprobación de todos sus ancestros, lo tomó de la mano, y comenzó a jalar:

> —Ven, Herminio, ven, quiero que bailes con una muchacha —decía con la cara de alegría de quien ha tenido visiones felices del futuro.

El abuelo Herminio no tuvo la oportunidad de darse cuenta de aquello que estaba ocurriendo, y mientras era conducido por su hermana, él únicamente evitaba tropezarse o empujar a alguna persona en aquel baile. De pronto, se detuvo su hermanita y le dijo:

> —Es ella, Herminio, no sé cómo se llama, pero quiero que bailes con ella —tomó la mano de mi abuelo y la mano de mi abuela, y dijo—. Hola, te presento a Herminio, él puede bailar contigo esta noche.

Mimí era portadora de la clarividencia femenina, la cual en premonición, le había dicho que aquella chinita sería su cuñada, auque mi abuela se encontraba con sus otras dos hermanas, ella estaba segura de que las otras chinitas estaban destinadas a otros hombres en la capital, y sólo mi abuela estaba soltera por gracia de los santos

Reyes, quienes le concederían un milagro que nadie había pedido, ni mi abuela en sus peregrinaciones, ni mi abuelo en su noches de soledad, menos mi tía Mimí en su mundo infantil.

Años más tarde, el favor sería devuelto por mi madre, quien llevaba las notas de amor entre mi tía Mimí y su entonces novio Edmundo, pero, por el momento, en ese baile mi abuelo estuvo toda la noche pendiente de la chinita, lo cual era raro para su fama de galán, quien solía rondar los bailes como colibrí, de flor en flor. Pasaron los meses y continuaron en contacto, el correo era lento, pero llevaba las cartas de amor entre mis abuelos. En ocasiones, llegaba una fotografía de mi abuela, con un beso de sus labios rojos, y decía con caligrafía rústica: te quiero mucho, Herminio. Esas palabras eran suficientes para quitar de la mente los pensamientos mujeriegos que siempre tenía don Herminio, y hasta se le antojaba una vida monógama, fiel, sobre todo, romántica hasta la muerte. Por momentos, esa certeza se apoderaba de su pecho, haciéndole sentir que el cura cumpliría la sentencia matrimonial.

En el transcurso del año mi abuelo viajó a Mérida para visitar a su novia. Tuvo la oportunidad de conocer la lavandería donde trabajaban de sol a sol las siete hijas del chino. Mi abuela era una de ellas, a pesar del trabajo, mi abuela y abuelo encontraban tiempo para verse, al menos, un momento e ir al parque cercano a conversar. Los noviazgos de esas épocas eran más sencillos, en ocasiones le permitían a los novios una visita de media hora, la cual, según los adultos, era suficiente para establecer lo necesario de un matrimonio duradero, y en esa visita de media hora, con frecuencia, estaba presente la mamá o, en ocasiones, dejaban a un hermano menor a cuidar la visita de los novios para que todo sea de acuerdo con las leyes decentes aprobadas por la sociedad. Ese fue el noviazgo de mis abuelos, un par de bailes, algunas cortas cartas de amor o fotografías y visitas esporádicas de mi abuelo a la lavandería, lo suficiente para que imaginen una vida juntos, de tal modo que, al casarse, es cuando realmente se conocerían el uno al otro, con su defectos y virtudes, ya matrimoniados les tocaba realmente saber con quién se habían casado.

Cuando ambos vivían en el mismo pueblo, era más fácil, pues con frecuencia esa media hora bastaba, pues se habían visto crecer, iban a las mismas escuelas, se encontraban en molinos, tiendas, en el mercado o con los curanderos locales, todos eran vecinos y sabían de qué pie cojeaban. Las familias se conocían desde muchas generaciones atrás, sus árboles genealógicos con frecuencia estaban entrelazados en algún punto, de tal modo que, incluso hoy, aún se tiene la costumbre de preguntar quién es tu padre o tu madre, e hijo de quién eres, porque en la Tierra del Tapir todos eran ampliamente conocidos y los rumores siempre llegaban a oídos de todos. El caso de mis abuelos era diferente, pues una estaba en la capital y el otro buscándose la vida en la Tierra del Tapir.

Al año siguiente de haber bailado en las fiestas tradicionales, mi abuelo Herminio se armó de valor, y sin nada qué perder decidió proponerle matrimonio a aquella chinita. Ella sería la tercera hija del chino que contraería matrimonio, las dos primeras hijas lo hicieron con los rituales orientales, vestidas de rojo y dorado, con tocados donde sobresalían aves fénix de filigrana china, todo esto en medio de comidas tradicionales y únicamente con la presencia de compañeros del papá llegados de Shanghai. De esas bodas ya no me llegaron las historias claras, sólo rumores difíciles de entender. Tras cumplir con los ancestros las dos primeras hijas, Lí Ching Woo aprobó que mi abuela se casara en la iglesia católica, pues de todos modos se iría a vivir a un pueblo lejano y consideraba que era importante que su hija cumpla con las tradiciones de su marido, como lo mandaban las leyes desde las dinastías chinas antiguas.

La boda se llevó a cabo en la Tierra del Tapir, el bisabuelo Lí Ching Woo no asistió, pues en el fondo tenía miedo de desobedecer los rituales budistas, así que mandó a María Luisa, su hija mayor, en su representación a entregar a mi abuela en el altar. Todo parecía romper las tradiciones y eso animaba a mi abuelo Herminio, pues quizá de esa manera también se rompería la maldición de Nando Serrano sólo para él. Pensaba, muy en sus adentros, que quien quisiera romperla de nuevo, debía buscar a su propia china.

El padre tuvo que bautizar, confirmar y darle la primera comunión a mi abuela el mismo día en que se estaba casando, pues no encontraron el registro de que haya sido criada en la fe católica. Mi abuelo Herminio fue visto como un héroe, a los ojos de los asistentes de la misa, no sólo era valiente de casarse en esos tiempos, sino que había convertido a una china budista a la fe cristiana, de tal modo que quizá, sólo quizá, así se rompería la maldición vertida en el pueblo.

La boda, al final, fue modesta, ya con el hecho de haber traído a una chinita desde Mérida era algo extraordinario para el pueblo y no todos lo tomarían muy bien, muchas vecinas mal intencionadas y conquistas antiguas de Herminio, no aceptaron que ya tenía esposa. Al terminar en la misa, se dirigieron a la casa de la bisabuela Coralia, allí estaba preparada la comida para celebrar. La fiesta fue un almuerzo especial, hasta sacaron los platos que se encontraban en la vitrina y que sólo eran tocados para fiestas sagradas como bautizos, primeras comuniones, matrimonios y las novenas a la Virgen de Guadalupe. Era una ocasión especial, el chino perdía una trabajadora en su lavandería y mi bisabuela ganaba una nuera oriental, que no tenía ni idea de qué era ser yucateca, así que le tocaba enseñar las tradiciones locales. La más contenta de todos era mi tía Mimí, ya que se cumplió su premonición: la chinita ya era su cuñada, sentía en lo más profundo del corazón que había ganado una hermana, pues antes de su llegada, ella era la única mujer en la familia entre puros hermanos varones.

Esos inicios accidentados parecían vaticinar un final feliz, sin embargo, el choque de culturas comenzó a generar los primeros roces, doña Coralia, la bisabuela, jamás imaginó que tendría una chinita de nuera, para ella no existían las tortillas, sino que lo más importante era el arroz en las comidas. Poner pantalones y blusas campesinas con los hombros descubiertos eran aspectos de tenían a todo el pueblo sorprendido. Mimí, por el contrario, disfrutaba mucho pasear en la bicicleta por todo el pueblo con su cuñada.

Con el tiempo, los problemas fueron más visibles. Nació la primera hija, los cual fue de gran felicidad para la familia, pero los detalles finos hartaron a mi abuela, quien se puso a buscar una casa propia y la encontró, pero en los límites del pueblo, justo donde comenzaban las veredas para los pequeños ranchos locales. En esa zona los terrenos eran grandes y había que caminar varios metros antes de encontrar a los vecinos. Con frecuencia, las reses se escapaban de sus corrales y no faltaban las que llegaban a la nueva casa de la abuela, por lo que comenzó a ser cotidiano tener un palo de escoba siempre a la mano para defenderse de alguna vaca o toro que quería entrar al terreno o para matar algún insecto que entrara en la casa. Todos en esos lugares usaban dichos palos como bastones, desde los más pequeños hasta los ancianos.

Quedarse muy de noche en la calle era desafiante porque implicaba regresar a la casa sin alumbrado público, a la luz de la luna y con el temor de arrear manadas de ganado que se hayan escapado. A pesar de ello, a veces las películas del cinema valían la pena correr esos riesgos y, en una noche de un viernes trece de agosto, después del cine, cuando ya casi llegaban a la puerta de la casa, mi madre y abuela encuentran a un toro negro descomunal, cuya altura alcanzaba el techo de la casa, a pesar del color, su pelaje tenía un brillo que parecía sincronizado con el brillo de las estrellas, tenía la frente blanca y miraba con pesadumbre lánguida, dejando ver que realmente no era toro natural, sino algún espanto compuesto de malos aires que se materializó en forma de ese animal.

Mi abuela y mi madre cuando venían del cine no se percataron de la presencia del toro hasta que ya estaban cerca de él. Su frente blanca apareció de la nada y justo detrás del rostro comenzó a tomar forma el animal completo. Mi abuela se detuvo bruscamente y le indicó a mi madre, a quien tenía tomada de la mano, que no se atreviera a gritar, de repente, se despejó el cielo y la luz de la luna permitió verlo mejor. Ese animal la miró y se fue acercando. Mi madre se sujetó con fuerza de mi abuela. Cuando, de repente, los ojos del animal comenzaron a brillar, luego bufó y su aliento levantó el polvo cercano.

—Fuera, vete y déjanos entrar a nuestra casa. Oh, toro, vuelve a tu corral —dijo la abuela, agitando una madera que usaba como bastón.

El animal volvió a bufar, pero removió el polvo con la pata delantera derecha, como si quisiera embestir. Mi abuela guardó silencio, cambió el semblante de su rostro y supo que era momento de desplegar todos sus recursos o no vería el amanecer del día siguiente. Mi madre se sujetó fuertemente de la pierna derecha de mi abuela, quien comenzó a susurrar oraciones de dinastías antiguas para invocar la protección de sus antepasados, en lenguas que mi madre no recogía, sólo se detuvo un momento para indicarle a su hija:

—Pase lo que pase, estate en silencio, no te atrevas a pedir nada ni con el pensamiento, porque este animal no tiene compasión de nadie —sentenció la abuela.

Entonces, retomó sus murmullos mientras frotaba un collar con dije del Tao, pero siempre frotando la parte blanca del yang. Así llamaba a sus ancestros y protectores; dejó de estar sola en estas tierras, pues justo detrás de ella, aparecieron unos espíritus que se veían como sombras, estaban de pie a sus espaldas. Al sentirlos, le regresó la certeza de que iba a salir viva de aquel encuentro. Entre esas sombras estaban los espíritus proporcionados por la gitana que le había enseñado las artes adivinatorias y ellos le indicaban al oído lo que necesitaba saber. El toro, quien miraba a la abuela, dio un paso hacia atrás, bufó de nuevo sacudiendo la cabeza y dijo:

—¿Así que tú eres la china que vino a mis tierras? Caminas con mucha confianza sin siquiera pedir permiso —dijo ese animal con una voz ronca y profunda.

—Soy Mimí y esta casa yo la he pedido rentada, no sé si tiene otros dueños —respondió segura la abuela, sabiéndose respaldada por sus ancestros y espíritus guardianes.

—Soy Juan Tuúl, el dueño del monte. Con algunos me he manifestado como charro negro, con otros, simplemente como caballo desbocado, y hoy, en forma de toro descomunal vengo a presentarme a los recién llegados que transitan estas veredas sin pedir permiso, pero estás de suerte, china, pídeme lo que quieras y te lo concederé —bufó y comenzó a moverse, acercándose como rodeando en círculo a la abuela. Uno de sus guardianes la tomó del hombro izquierdo, jalándola ligeramente hacia atrás. Mi abuela comprendió.

—No necesito nada, puedo valerme por mí misma, el trabajo de mis manos es sagrado, desde la dinastía imperiales antiguas han sido fuertes, han construido palacios y hasta murallas, así que vete y déjame entrar a mi casa, no tengo nada que pedirte —replicó mi abuela.

—Estás muy segura de ti, china foránea, pero todos vienen a estas tierras deseando algo, no dejan sus tierras para venir al fin del mundo sin desear nada. ¿Qué quieres? ¿Riquezas, fama, fortuna, tierras? Pídelo y lo tendrás —Juan Tuúl levantó la cabeza y bufó.

—Nada, no necesito nada, ya te lo he dicho, cualquier cosa que necesite tengo mis manos para trabajarlo —repitió mi abuela mientras los espíritus comenzaron a agitar el pasto cercano con una brisa que mantenía a distancia a Juan Tuúl.

—Lástima, china, pudiste haberme pedido el más profundo de tus anhelos, viniste a estas tierras por amor, pídemelo si quieres, felicidad, si quieres. Nadie viene a tierras ajenas sin buscar algo. Pídemelo si quieres, porque este lugar está maldito desde la locura del vagabundo. Pídemelo.

La abuela guardó silencio, y aunque estaba segura de que no la iba a poder tocar, se dio cuenta que Juan Tuúl podía ver sus dolores sentimentales, sus soledades nocturnas, su pasado, presente y, quizá, su futuro. A pesar de ello, volvió a negarse, y guardó silencio, firme como las murallas construidas por sus ancestros.

—Así que, ¿no pedirás nada? Me retiro, veo que cuentas con muchos guardianes, pero ten cuidado, en estos lugares, todo lo que toques tiene dueño y nada asegura que te lo quiera dar prestado. Caminarás sin problemas en estas tierras, pero el amor perseguido, el amor jurado ante los altares, será algo esquivo en tu vida, te di la oportunidad de pedirlo, pero no quisiste —concluyó Juan Tuúl.

En ese momento se escuchó como estampida de reses, el viento movió el zacate de oriente hacia ponente, y ese animal desapareció. Mi abuela suspiró, luego hizo una reverencia dando las gracias a los guardianes y ancestros, quienes posteriormente desaparecieron, dejando un tenue aroma a sándalo. Mi abuela tomó a su hija, estaba temblando, no por miedo, sino por la sentencia de ese animal. Abrió como pudo la puerta de su casa y entraron a descansar, pero ella no durmió toda la noche.

Al día siguiente se lo contó a su suegra, ella, asustada, le tocaba la frente pensando que tenía fiebre y estaba delirando, al sentir que estaba normal su temperatura, la miró y dijo:

—Mimí, te visitó Juan Tuúl, ¿Qué le pediste? ¿Dime qué le pediste? Ten mucho cuidado, porque él te da, pero luego te lo quita. Con ese ser no se juega. ¿Cómo era? —preguntó asustada la bisabuela.

—Era un toro alto, negro y con la frente blanca. No le pedí nada, porque se veía precisamente como alguien en quien no se debía confiar.

—Deja esa casa y pasa a vivir cerca de aquí, no es posible que expongas a la niña a esas cosas, pudiste haber cargado malos aires, y morir de calentura. Hablaré con Herminio, para que pases a vivir lo más cerca posible y no vuelvas a salir al cinema tan noche. Esta no es la capital, aquí hay cosas oscuras que rondan los caminos, tienes que tener cuidado —concluyó mi bisabuela.

Ese mismo día se cambiaron de casa nuevamente y pasaron a una más céntrica. Mi abuela se había salvado sólo por sus ancestros guardianes, por la cultura del trabajo, de haber sido criada en no pedir, sino ganarlo en silencio. Juan Tuúl conoció a la china recién avecindada, a quien no se atrevió a tocar por la rudeza de palabras, sobre todo, para evitar enfrentarse a los guardianes ancestrales que la defendían. Y aunque nunca volvió a aparecerse a la familia, la sentencia de desamor le quitaría el sueño a mi abuela por muchos años, cumpliéndose así la maldición del vagabundo en ese pueblo por varios años más.

\*\*\*

**Nota geográfica**

La calle donde se dio el encuentro entre mi abuela y Juan Tuúl está en la calle 45 entre 58 y 60. Ella rentó una casa que actualmente está demolida, forma parte de los terrenos de un colegio particular, sin embargo, el muro aún conserva la puerta y las ventanas, las cuales fueron clausuradas. En la puerta de esa casa se dieron esos eventos. Para saber en dónde se encontraba la casa, puede escanear el siguiente código QR.

## El vuelo y los cantos en la Tierra del Tapir

Existe la ventaja infantil de tener la memoria escazamente selectiva, uno no decide conscientemente qué o cómo recordar, simplemente recuerda. Esta es la historia de la otra Marcelina en mi vida. Sí. Aquella que no era partera, sino heredera de sabiduría ancestral derivada de su raza campesina, donde se sobrevivía con las estaciones del año y cambios del clima.

Yo la conocí en su vejez, vivió en mi casa por unos meses, porque a mi madre siempre le ha dado por esas cosas de la caridad, ayudar al más necesitado, darle de comer al hambriento u otras cosas que, según el cura sirven para salvar nuestras almas en el momento de la verdad. Hasta hoy me regresa con frecuencia ese pensamiento que dice *primero los otros*. Con una Marcelina sin techo y mi madre samaritana, era cuestión de tiempo para que aquella mujer encorvada por el peso de sus años bien vividos terminara habitando en mi casa por una temporada.

Su llegada a la casa fue como si hubiera llegado una abuelita. Sentía curiosa su presencia, su español era bastante bueno, y para mí, era una bendición, porque tenía con quién practicar mis rústicas palabras en maya, las cuales aprendía en la escuela de manera voluntaria en unas clases extracurriculares de las que nunca me arrepentí. Recuerdo que repetía las oraciones mal pronunciadas, y ella se reía, porque terminaba pronunciando frases con significados muy diferente. Un día me aprendí el himno nacional en maya, cuando se lo canté, ella sonrió para luego decirme:

—Está muy bonita esa canción, pero, ¿qué dice?

Ni yo sabía qué decía, pero la maestra de maya me juraba que era el himno nacional, y yo le creí. Si Marcelina no me entendió cuando se lo canté, comencé a sospechar intensamente de mi maestra, así que después de cada clase, le consultaba a nuestra inquilina para comprobar si realmente era maya lo que estaba aprendiendo o alguna lengua inventada.

Yo me divertía con la presencia de aquella anciana en mi casa, en el fondo me daba igual su historia pasada, para mí sólo contaban las risas del presente. Algo que aprendí de ella era a mirar y escuchar a mi alrededor. Al principio pasaba por alto las cosas, pero ella, sin previo aviso, miraba al horizonte y, a pesar del sol abrazador, sentenciaba:

>—Tengo que lavar la ropa para que se seque, porque mañana lloverá antes de las tres de la tarde —luego dejaba de platicar y salía a lavar.

Sus predicciones eran sumamente exactas, pues en punto de las tres de la tarde se nublaba de la nada y comenzaba a llover. Entonces le preguntaba a Marcelina cómo sabía esas cosas con exactitud. Ella sólo sonreía diciendo:

>—Haz silencio, observa y escucha, comenzarás a recibir todos los mensajes que te rodean. Las plantas, la tierra, el agua, el cielo, los animales, todos te dicen cosas, pero tienes que saber escuchar o debes saber cómo y cuándo guardar el silencio necesario para escuchar.

Esas frases ya las había escuchado de mi abuela china, así que no me sorprendieron, pero a diferencia de mi abuela que vaticinaba el futuro a través de la lectura de las cartas u otros objetos como las manos, Marcelina parecía simplemente tomar de la naturaleza esas señales enviadas por el universo. Arrebataba esas predicciones de lo natural, mientras mi abuela china lo consultaba desde lo sobrenatural. Esas técnicas parecían menos pecaminosas que la de mis ancestros. Comencé a hostigar con interrogatorios científicamente infantiles a Marcelina, era evidente que el universo se manifestaba diferente a través de sus sentidos, pues a ella le desvelaba secretos que a mí me ocultaba sistemáticamente. Al darse cuenta de mi curiosidad, decidió paulatinamente enseñarme los signos enigmáticos de la naturaleza. De repente me decía:

—¿Escuchas? —luego señalaba con el dedo o se detenía sin previo aviso para decirme— ¡Mira! —seguido de la explicación del significado.

Lo hizo de esa manera porque ella no sabía cómo expresar esas señales en español, me nombraba cosas en maya que yo ignoraba, por ello tomó la decisión de pedir que prestara atención cuando las señales eran desveladas. Así comprendí unos silencios espontáneos que tenía con frecuencia, no eran simplemente silencios, sino que prestaba atención a las señales enviadas por la naturaleza. En mis adentros me sentía tan desafortunado por nunca haber prestado atención al color de los atardeceres, la aparición repentina de ciertos insectos y la puntualidad o impuntualidad del cantar de las aves. Así fue que en mis adentros comprendí que al mundo hay que percibirlo a través de todos los sentido, siendo importante callar, mirar, oler, paladear, etcétera.

De repente el mundo comenzó a cobrar otros colores, sonidos y emociones. Ir descubriendo el mundo como lo percibía aquella mujer antigua encorvada se convirtió en mi aventura más interesante por varios meses. Un día, en el gallinero, al escuchar cacarear a Cachita por poner un huevo, Marcelina me acompañó a recogerlo. Sin previo aviso se detuvo, me miró, miró el huevo y dijo:

—Anda a la casa y me traes la sal, este animal está anunciando muerte, no vida. Mira ese huevo que ha puesto sin cáscara ¿Recuerdas que el de ayer estaba bien? Realmente esta gallina está sana, pero temo que hay alguien cercano que no lo está. Anda por la sal.

Yo, abediente, fui por la sal, y al llegar de nuevo con Marcelina ella había excavado un pequeño hoyo en el gallinero, donde estaba haciendo un entierro solemne con el huevo recién parido por Cachita, mi gallina. Tomó una madera cercana y empujó el huevo hacia el agujero, luego tomó la sal y se lo puso encima, diciendo algunas cosas en maya que no entendía. Lo tapó sin tocar nada directamente, lo hizo empujando la tierra con el pie izquierdo. Al terminar, me miró y dijo:

—Este animal anuncia la muerte, pero es en una casa ajena. Es de algo inesperado, no es de un enfermo o anciano. Es triste, pero será alguien joven, por eso la cáscara de huevo, es alguien en la juventud. Pidamos por esa alma llamada al cielo sin su consentimiento. Antes de tres días sabremos quién será. Esto, hijo... —guardó silencio mientras me miraba— ¡es tomox chi'!

Ese día había aprendido una palabra nueva: tomox chi', un mal augurio o augurio de muerte. He de confesar que después de ese suceso, me costó seguir mi día plácidamente, y estaba a la expectativa de saber quién sería el vecino que estaba a punto de irse del mundo de los vivos, sin siquiera saberlo.

A la mañana siguiente, seguía a la expectativa, pero no tuvimos noticias. Recuerdo que fui a comprar las tortillas y en el molino estaba pendiente si alguna vecina decía algo, pero nada. Sin embargo, al regresar a casa, mi madre me recibió con la noticia triste del fallecimiento de Lorenzo, el hijo de doña Adela, quien había derrapado en su motocicleta, perdiendo la vida en la carretera justo antes de entrar a la ciudad. La lectura de Marcelina había sido cierta, era alguien cercano, pues el patio de doña Adela y el nuestro colindaban, a tal grado que fue Cachita, mi gallina, quien dio aviso del fallecimiento.

Al día siguiente, Cachita puntualmente a las tres de la tarde volvió a ovar, y cuando fuimos a recoger el huevo, estaba normal. Marcelina me miró, y sonrió.

—¿Ves? Era tomox chi', no enfermedad, como dicen algunos. Era el aviso de muerte, porque hoy está perfecto este huevo. Tómalo y llévalo a la cocina.

Yo tenía unos patos en ese mismo gallinero, así que le pregunté si ellos también daban augurios.

Marcelina me miró fijamente un momento, luego emitió su veredicto:

—Nunca he visto a un pato hacer esto. Creo que no, pues depositan sus huevos en silencio, de esa manera nadie se daría cuenta de los avisos que intentan dar. Estas noticias tienen que ser muy ruidosas, de lo contrario, no alertarían a nadie.

Así supe que los patos son menos propensos a revelar los secretos sobrenaturales y preferían que la muerte sorprendiera permitiendo vivir tranquilo más tiempo, al contrario de las gallinas que robaban la tranquilidad con sus avisos intempestivos, como lo había hecho Cachita, a pesar de ello, conservaba el gusto de tener patos en la casa para comer en las fechas especiales esparcidas azarosamente a lo largo del año.

Ese fue el inicio de mis lecciones de alfabetismo de la naturaleza, y de pronto, el mundo comenzaba a tornarse diferente, como un libro que siempre hubiera tenido enfrente sin saber leer. A cada clase impartida por Marcelina se develaban todo tipo de signos a mi alrededor, la diferencia era el modo de lectura, la cual debía hacerse con la totalidad de los sentidos y no exclusivamente con la vista. Eran las imágenes, los olores, los sonidos, en ocasiones hacía falta cerrar los ojos para sentir con el tacto, con cada parte de la piel, percibir el cambio de temperatura, de la brisa, el agua o la caída de la lluvia. Jamás hubiera sabido que el cerrar los ojos trae tanta clarividencia, pues los otros sentidos proporcionan gran riqueza de mensajes, los cuales nunca había podido apreciar. El agua era capaz de dictarme cátedras completas con el cambio de su temperatura o color. Si cerraba los ojos, el aire comenzaba a susurrar palabras con tanta sabiduría, como el párroco extasiado en la misa dominical.

Con los animales era todo diferente, en ellos teníamos que leer su ausencia o presencia. También la puntualidad al aparecer en nuestras vidas. Era normal escuchar los cantos de los pájaros, pero en ciertas ocasiones, cuando debían estar en silencio y cantaban, ya no era un canto, sino que hacían anuncios oportunos. Si en una larga sequía veíamos salir a los hormigones a guardar provisiones desesperadamente, entonces esperábamos lluvias torrenciales bastantes inusuales que duraban semanas completas. Si su salida era tranquila y moderada, se trataba de lluvias normales. En una ocasión deshojaron todo el árbol de naranja junto con la toronja que había cuidado tanto la vecina; llovió por dos semanas completas. Marcelina observó todo el día a esos hormigones llevarse bajo tierra cada hoja hasta terminar con los árboles completos, suspiró y dijo: estaremos encerrados mucho tiempo.

Comencé a conocer el nombre de muchos pájaros diurnos y nocturnos, cuyos cantos iban indicando el camino del destino próximo. Algunos nombres ya se me han olvidado, pero entre los cuales aún están presentes en mis recuerdos está la xnuuk o la viejita, como nos lo traducía. Es una lechuza pequeña que habita en los agujeros de los árboles grandes, raramente es vista en el día, pero es bien sabida su existencia por los locales. Con ella teníamos que prestar atención, era quizá la mensajera más variada de todos, pues si cantaba pausadamente, era una enfermedad grave que se iba a curar, la muerte acariciaría al enfermo por la noche, pero no se lo llevaría con ella. Ahora bien, si el canto del ave era con lamento, era inevitable, se trataba de una muerte segura. También era importante prestar atención a la distancia e intensidad que la escucháramos, cuando el sonido provenía del patio, era alguien de la casa o que haya vivido allí, pero si el canto estaba en la lejanía, entonces podía ser un vecino o algún familiar que hacía tiempo no se visitaba, y pronto se tendrían noticias de su enfermedad o muerte.

El canto de la xnuuk era muy certero, y con frecuencia, al día siguiente ya se sabía quién falleció. Ese animal no habitaba en algún lugar cercano. Era un emisario del destino enviado para evitar el impacto de la noticia de la muerte ejecutada. Las lecciones de lectura del canto de la xnuuk, fueron los más duras en aprender, pues la muerte de cuatro vecinos y conocidos me permitieron reconocer las variantes de los cantos nocturnos. A pesar de las noticias traídas, Marcelina fue clara:

>—La Xnuuk es un ave buena, sólo es una mensajera. No se tiene la culpa de nada de lo que ocurre, ella ve a la muerte cercana y nos avisa, no la atrae como dicen algunas personas, los que tienen esas ideas normalmente arremeten en su contra y la matan. Al contrario, debemos comprender que nosotros no vemos a la muerte porque se oculta de nuestros sentidos. Ella lo sabe, por eso nos hace el favor de decirnos aquello invisible. Si en alguna ocasión la llegas a ver, respétala. Ella no tiene la culpa de nada.

Agradécele que te preste sus visiones para prevenirte.

Marcelina me advertía que la gente atacaba a esa ave mensajera porque no quería escuchar lo inevitable de la noticia, se negaban a aceptar la realidad de sus vidas efímeras, pero esos actos eran injustos y la naturaleza se los iba a cobraba por ignorar y herir al inocente emisario. Sus instrucciones estaban llenas del mensaje del respeto a la naturaleza, a lo que nos rodeaba, tal cual ella fue criada en el campo por sus ancestros.

Las lecciones continuaban, la de los árboles eran las más confusas, pues no le comprendía las señales emanadas de sus hojas o el sonido de sus ramas a pasar el viento entre ellas. Fueron por mucho las más complicadas y de las cuales guardo más dudas que certezas. Por ejemplo, las ceibas eran árboles que carecían en las cercanías de mi casa en aquellos tiempos, sin embargo, en una ocasión, estando en el patio de la casa bajando las naranjas para cocinar, comenzó a soplar una brisa fresca, Marcelina guardó silencio y cerró los ojos. Esa postura me indicaba el momento de prestar atención a los mensajes, cerré también los míos. Pero no escuchaba, sólo sentía la calidez de la brisa. Al abrir mis ojos, comencé a ver los algodones de la ceiba llegar con la brisa, y comenzaron a prenderse en el cabello de Marcelina y las plantas del patio. En frente de mi maestra se hizo un pequeño remolino, cuando abrió los ojos y miró el promontorio de algodón, puso su cara de sorpresa y dijo:

—Por Dios, ceiba mía, no puedo ser madre. Pero... —guardó un breve silencio, luego concluyó— seré abuela.

Era un aviso de maternidad, sin embargo, por su edad y su celibato de viudez, tenía la certeza de que no iba ser su hijo, así que en ese momento supo del embarazo de su hija, quien se había ido a vivir fuera de la ciudad y no tenía noticia algunas de su paradero desde hacía mucho tiempo. Marcelina quedó seria, miró de nuevo el montón de algodón de ceiba, movió la cabeza de lado a lado y su rostro se tornó molesto. Su hija vendría sin el padre de su nieto. Fue un momento sumamente incómodo para ella, tanto, que se olvidó del aprendiz y no me explicó su visión o sus significados, de tal modo que hasta el día de hoy no podría descifrar la maternidad si me avisara una ceiba, ese secreto se lo llevó a la tumba mi maestra.

Pasaron tres meses, y un jueves por la mañana llegó su hija embarazada. El encuentro fue escasamente ameno, las discusiones se dieron en lengua maya, así que ignoro por completo los acuerdos y desagrados entre madre e hija. La mañana de un lunes, después del almuerzo, ambas tomaron sus cosas y se retiraron de la casa. Nunca más Marcelina volvió a darme una lección de la lectura de los signos de la naturaleza, pero lo poco que recuerdo, aún me orienta en mis realidades transitadas y se une al cúmulo de cosas extrañas de mi vida cotidiana.

Pasados los años, me fui a estudiar a la capital, allí me embriagué de racionalismo universitario inducidos por maestros que intentaban hacerme predecir la economía con modelos matemáticos, comencé a creer que los números eran válidos, mientras las enseñanzas de

Marcelina sólo eran fruto de la ignorancia popular. Comenzaba a olvidar esos conocimientos populares, mas en mi tercer año de carrera, una noche de insomnio escuché claramente el lamento profundo, pero lejano de la xnuuk. Hacía muchos años que no le prestaba atención a los cantos de las aves, este suceso no me aplacó el insomnio, sino que me lo agravó. Temprano, al alistarme para ir la universidad, pregunté si alguien estaba enfermo. Era la madre de mi tío. Guardé silencio y supe que por la tarde sería confirmada la noticia de su muerte. Me fui a la universidad, al regresar, la noticia no me sorprendió.

—Cosas de pueblo —decía en mis adentros— casualidades —me repetía aferrado a mis fórmulas matemáticas y poniendo distancia con mi infancia.

Sin embargo, ese no fue el único evento. Pasados unos meses, al bajarme del camión, al cruzar el periférico, vi un gran zopilote descender hacia la puerta de la casa de un vecino. Al llegar a tierra, abrió las alas como si las estuviera secando al sol y caminó hacia la reja de la casa, era muy agradable y pintoresco. Yo me quedé quieto, observando. Ese animal batió las alas tres veces, se posó en la reja de la entrada, luego levantó el vuelo nuevamente. Llegué a la casa donde vivía. Pregunté si alguien había muerto en casa de los vecinos. Nadie sabía nada. Pero yo tenía la certeza de haber visto un anuncio de muerte.

Al día siguiente fui interrogado en la cocina, la pregunta era cómo yo supe de la visita de la muerte, mucho antes del aviso que le llegaría a la misma familia.

Yo ignoraba las respuestas más adecuadas a esas preguntas, únicamente expliqué que tuve esa sensación vespertina al pasar por aquella casa. Esa respuesta no tranquilizaba absolutamente a nadie ni a mí mismo.

En ese momento comprendí que mi premonición fue atinada, pues al momento de ver al ave, ya había muerto de un paro cardíaco el papá de la vecina en su milpa, no obstante, nadie se daría cuenta hasta dos días después, de tal manera que cuando yo pregunté, nadie había descubierto al difunto. Perplejo, me fui a mi cuarto con la certeza que los conocimientos de Marcelina eran válidos, tanto en la ciudad capital como en la Tierra del Tapir. Me quedó absolutamente claro que debía volver a prestar atención a la naturaleza circundante, y ella amablemente me comenzaría a confiar sus secretos. Tenía la certeza de que mis predicciones serían incluso más exactas a las calculadas por mis modelos matemáticos.

## Libros que pueden ser de su interés

### A la sombra de la ceiba. Tu bo'oy yáaxché
Joshua Ku Pérez
Francisco Perera Rodríguez
coordinadores

Esta antología es fruto de un reto que nos pusimos en al taller de escritura: contar relatos de la Xtabay desde otras miradas. Notamos que se le representa como ser maligno, despiadado y zoomorfo que se mantiene a la sombra de la ceiba, y ya, pero ¿no tiene derecho a poseer emociones y sentimientos? ¿Y si las historias acerca de ella fueran narradas por mujeres o, mejor aún, por las esposas de los hombres desaparecidos? ¿Desde qué postura se narraría ella misma?

Libro disponible en digital y pasta blanda en Amazon
https://a.co/d/a6PLDpZ o escaneando el código QR

### Antología de cuentos y poemas

## Cuentos de familia, un pueblo, algunos santos y otros espantos
### Francisco Perera Rodríguez

Cuento

En esta antología de relatos, Francisco Perera transcribe, con el recuerdo, imaginación y el corazón, las historias que escuchó repetidamente durante su infancia y que aún en la etapa adulta lo acompañan. La mayoría son susurros de su abuela, la china con costumbres maya-orientales que aprendió las artes adivinatorias de los gitanos y que, así como utilizó sus fuerzas para combatir físicamente, también lo hizo espiritualmente. Cada uno de los relatos contiene hazañas familiares que le permiten recuperar y reconstruir su genealogía, al mismo tiempo que nos invita, al público lector, a ser cómplices de la realidad maravillosa de nuestros pueblos yucatecos.

Libro disponible en digital y pasta blanda en Amazon
https://a.co/d/01NZJKZ o escaneando el código QR

## El mirar despertecto
### Mayte Gabriela Peetul Hau

El mirar desperfecto resulta de una serie de experiencias, que para ser sincera, aun no soy experta, pero que están inspirados en personas como tú y yo, al sobrellevar muchas situaciones de la vida que nos dejan grandes enseñanzas. No se trata de una simple colección de versos, sino de una serie de experiencias vividas que nos trasladan a situaciones diarias, inspiradas no solo del amor, sino también del dolor, el duelo, los recuerdos, los amigos, de los silencios, del creador, de la enfermedad, el miedo, de nuestra madre, nuestro padre y por qué no, hasta de nuestras mascotas.

Libro disponible en digital y pasta blanda en Amazon
https://a.co/d/3PFkxEL o escaneando el código QR

Poesía

# Veva: Fragmentos de una vida
## Agustín Mar Acosta

Este libro es un reencuentro con el pasado; sobre lo transitado y lo aprendido, sobre lo perdido y lo recuperado, pero, principalmente, sobre una mujer que dedicó su vida a enfrentar las vicisitudes del México de finales del siglo XX, con sus prejuicios y beneficios. Una historia que tuvo que ser reconstruida desde la anécdota y el recuerdo de aquellos que vieron su vida influida por las acciones de una sola persona. Porque la vida no es un sendero adoquinado, sino las huellas que hunden la tierra una tras otra, hasta que se forma un relieve uniforme. Esta es mi historia, la historia de Veva y Veva fue mi madre.

Libro disponible en digital y pasta blanda en Amazon
https://a.co/d/6BKjVkh o escaneando el código QR

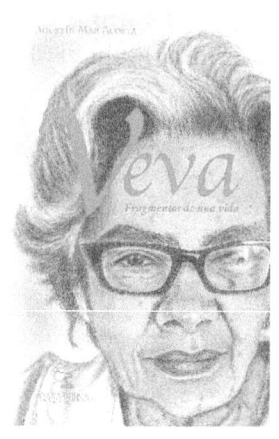

Novela

# De amor no se vive y de desamor no se muere
## Josmar Villacis

El amor es uno de los sentimientos más antiguos y potentes que el ser humano ha experimentado […], porque ¿para qué ha de servir la poesía si no es para expresar lo que uno trae atorado? Cuando no hay otros modos de crear, la palabra es suficiente. *De amor no se vive y de desamor no se muere* es una oda al amor y sus riesgos inevitables, aun cuando todo se acaba, existe el recuerdo de lo que fue. Y cuando digo que el libro es una oda al amor, también me refiero a la dedicación y entusiasmo de Josmar al confeccionar el libro. Este es un cachito de su mundo, un cachito que le dedica al amor y que comparte con todos.

Libro disponible en digital y pasta blanda en Amazon
https://a.co/d/f1aCqNo  o escaneando el código QR

## Poesía

Made in the USA
Coppell, TX
19 January 2026

68467477R00083